Nous remercions le ministère du Patrimoine canadien,
la SODEC et le Conseil des Arts du Canada
de l'aide accordée à notre programme de publication

   Patrimoine   Canadian
canadien   Heritage

ainsi que le Gouvernement du Québec
– Programme de crédit d'impôt
pour l'édition de livres
– Gestion SODEC.

Illustration de la couverture
et illustrations intérieures:
Jocelyne Thiffault et Diane Lacasse

Couverture:
Conception Grafikar

Édition électronique:
Infographie DN

Dépôt légal: 2e trimestre 2003
Bibliothèque nationale du Canada
Bibliothèque nationale du Québec

1234567890 IML 09876543

Les fées d'Espezel

COLLECTION
PAPILLON

**DU MÊME AUTEUR
AUX ÉDITIONS PIERRE TISSEYRE**

Collection Papillon

La licorne des neiges, roman, 1993.
La vallée aux licornes, roman, 2001.
Le mal des licornes, roman, 2002.

*Conseil des arts
et des lettres*
Québec ✚ ✚

L'auteur tient à remercier
le Conseil des arts et des lettres
du Québec,
qui a financièrement appuyé
l'écriture de ce roman.

Données de catalogage avant publication (Canada)

D'Astous, Claude

    Les fées d'Espezel

    (Collection Papillon ; 96)
    Pour les jeunes de 9 ans et plus.

    ISBN 2-89051-863-9

    I. Titre II. Collection : Collection Papillon (Éditions
    Pierre Tisseyre) ; 96.

PS8557.A614F43 2003   jC843'.54   C2003-940505-2
PS9557.A614F43 2003
PZ23.D37Fe 2003

Les fées
d'Espezel

roman

Claude D'Astous

**ÉDITIONS
PIERRE TISSEYRE**

5757, rue Cypihot, Saint-Laurent (Québec) H4S 1R3
Téléphone : (514) 334-2690 – Télécopieur : (514) 334-8395
Courriel : ed.tisseyre@erpi.com

1

Le plan d'Ophessault

Après des heures de marche dans les rues du vieux Toulouse, Isabelle, ses grands-parents et le professeur Ophessault s'étaient arrêtés à la terrasse d'un petit bistrot. Georgette cognait des clous. Eugène Ophessault n'en menait pas large non plus. En cette fin d'après-midi, seul Paul Perreault avait encore la force de s'émerveiller, comme si le sol français le nourrissait d'une énergie inépuisable.

— Hier encore, nous étions au Québec, dit-il. Et nous voici en France! La terre bénie de nos ancêtres. La douce France! La grande France! Cette terre de liberté, d'égalité et de fraternité, où ont fleuri tous les grands mouvements humanitaires. Quelle sensation extraordinaire! N'est-ce pas, Isabelle?

L'adolescente se contenta de sourire pour ne pas le vexer. À quoi bon lui expliquer que la fatigue l'empêchait d'apprécier quoi que ce soit? Même sa limonade lui paraissait fade. Six heures d'avion, le décalage horaire, la visite de Toulouse, Isabelle n'en pouvait plus.

Paul Perreault comprenait fort bien que sa petite-fille soit muette d'émotion. Il leva son verre pour porter un toast.

— À la France! dit-il. À notre mère patrie!

Puis, se tournant vers le professeur Ophessault, il ajouta:

— Bon! Maintenant, mon cher docteur, quel est votre plan pour trouver les fées?

— Paul, parle moins fort! le réprimanda aussitôt Georgette. On pourrait nous entendre. Tout ceci doit rester secret. Les licornes nous ont demandé la plus grande discrétion dans nos recherches. Et ce n'est pas en pérorant à tout vent sur la sainte France que tu passeras inaperçu.

Des yeux, elle examina les autres tables. Personne ne semblait porter la moindre attention aux Québécois.

— Alors, ce plan? insista Paul.

Le regard de Georgette se posa sur le savant. Ce voyage, c'était son idée. Eugène Ophessault, l'unique Prix Nobel québécois, ce scientifique de renommée internationale, voulait retrouver la société oubliée des fées. Pendant des années, il avait lamentablement échoué. Jusqu'au jour où François Perreault, le père d'Isabelle, avait frappé à sa porte pour obtenir des informations sur les licornes*. Un jour béni entre tous. Puis les événements s'étaient bousculés. Les fées Isabelle et Georgette avaient renoué l'alliance sacrée qui unissait le monde des fées et celui des licornes. Quant à Eugène Ophes-

---

* Voir du même auteur, *La vallée aux licornes*, collection Papillon, n° 80.

sault, il avait reçu des licornes un bien précieux : leur confiance*. Et il ne voulait pas décevoir cette race qui avait tant souffert de la méchanceté des hommes.

— Notre projet est audacieux, dit-il en baissant la voix. S'il existe encore des fées en France, il est possible que ce soient des fées oubliées, des fées ignorantes de leur état. Comme Isabelle et Georgette l'étaient, il n'y a pas si longtemps. Dans ce cas, il sera très difficile de les trouver. À moins qu'il n'existe entre fées une sorte d'attirance naturelle qui les amène à se reconnaître. Si Isabelle et Georgette soupçonnent une inconnue d'être une fée, elles devront me le dire. Alors, j'aviserai.

— Mais, intervint Isabelle, je n'ai jamais deviné que mamie était une fée. Comment devinerais-je qu'une étrangère que je croise est une fée ?

— Il faudra te fier à ton instinct, répondit Ophessault.

Isabelle n'en revenait pas. Comment un si grand savant pouvait accoucher d'un plan si saugrenu ?

---

* Voir du même auteur, *Le mal des licornes*, collection Papillon, n° 88.

— Isabelle a raison, approuva Georgette. Comment pourrions-nous reconnaître une fée perdue dans la foule ? Cela ne tient pas debout.

— Écoutez, dit-il, je sais que ce plan est construit sur des bases bien fragiles. N'empêche que vous êtes les pièces maîtresses de mon jeu. Vous êtes mes atouts. Si vous êtes incapables de reconnaître les fées, cela ne veut pas dire que des fées plus expertes seront incapables de vous reconnaître.

— Que voulez-vous dire ?

— Les recherches généalogiques que j'ai menées montrent que la fée ancêtre de votre lignée venait du Languedoc-Roussillon. Nous visiterons donc cette région.

— Une des plus belles de France, précisa Paul, aux anges.

— Je ne vous cacherai pas, continua Ophessault, que nous avons un horaire chargé. Nous allons nous promener dans les villes et les villages. Nous allons croiser le plus de gens possible dans le plus grand nombre d'endroits possible. Si les fées n'ont pas disparu, nous allons éventuellement en croiser une. Ce sera

peut-être une jeune fille de l'âge d'Isabelle, ou encore une fée plus mûre. Si elle
est sensible à votre aura, elle sera intri-
guée, étonnée! Elle voudra peut-être en
savoir plus sur vous. Vous devrez garder
à l'esprit que toute femme qui vous
aborde est susceptible d'être une fée.

— En clair, nous sommes des sortes
d'appâts, résuma Isabelle.

— Vous êtes des fées. Il est bien possible que vous soyez les seules fées sur
terre. Mais si d'autres ont survécu, il faut
les retrouver. N'oublions pas que les fées
sont là pour faire le bonheur autour
d'elles. Plus elles seront nombreuses,
plus elles seront unies, plus elles sauront
adoucir les malheurs de l'humanité.

— Et si les fées ont vraiment disparu? Et si nous sommes les dernières
sur terre?

— Je me refuse à le croire! dit Ophessault. Si les licornes ont survécu, les
fées aussi. C'est ma conviction. Je les
chercherai jusqu'à mon dernier souffle.

Paul Perreault ne partageait pas ce
bel optimisme. Pour lui, cette quête des
fées n'était qu'une course aux chimères.
À moins d'un miracle, il la savait con-
damnée à l'échec. Mais comme Ophes-

sault assumait tous les frais du voyage, Paul n'avait pas à se plaindre. Il se promettait de profiter pleinement de ces trois semaines en France. Déjà, il savourait l'accent chantant des Toulousains et se laissait pénétrer par cette douceur millénaire qui enveloppe les gens et les choses. Une odeur dans l'air lui titilla l'estomac.

— Si nous allions nous préparer à souper ? proposa-t-il.

— À dîner ! rectifia Georgette. En France, on ne soupe pas. On dîne.

— Et le midi, qu'est-ce qu'on fait ? demanda Isabelle.

— On déjeune ! répondit sa grand-mère.

— Mais alors, le matin, on ne mange pas !

— On petit-déjeune !

— On quoi ?

— On prend le petit-déj.

Isabelle n'était pas au bout de ses surprises.

2

Pauvre Isabelle !

« **T**oc ! Toc ! Toc ! »

On cognait à la porte de la chambre d'Isabelle. L'adolescente s'inquiéta. Peut-être avait-elle réveillé tout l'hôtel avec son cri ?

— Qui est là ?

— C'est moi. Mamie !

Isabelle s'empressa d'ouvrir et se réfugia dans les bras de Georgette.

— Oh! mamie, j'ai eu tellement peur.

— C'est donc toi qui as crié?

— Oui! J'ai fait un cauchemar.

C'était la nuit. Georgette avait été réveillée en sursaut par un cri perçant, un cri effrayant. Elle avait tout de suite su que c'était Isabelle.

— Un cauchemar! Est-ce que les licornes ont essayé de communiquer avec toi? Un autre malheur?

— Non, mamie! Cela n'a rien à voir. C'est autre chose.

— Autre chose?

Isabelle hésita à se confier, mais dès qu'elle commença, elle ne put s'arrêter. L'adolescente revécut encore une fois ces événements qui l'avaient tant bouleversée. C'était quelques jours avant le départ pour l'Europe. Elle était chez sa mère.

— Isabelle, viens au salon. André et moi voulons te parler.

Depuis quelques jours, Isabelle sentait que sa mère lui cachait quelque chose.

17

Elle avait surpris des regards entre elle et son conjoint. Les conversations s'arrêtaient lorsqu'elle arrivait. Il y avait un malaise.

— Isabelle, dit sa mère avec une mine grave et solennelle, je suis enceinte.

Isabelle en resta bouche bée. Elle ne s'attendait pas à ça. Elle n'avait jamais imaginé que sa mère puisse avoir un autre enfant. Pourtant, Louise avait tout juste trente ans. Elle n'avait que dix-sept ans à la naissance d'Isabelle.

— Mais, c'est merveilleux, se réjouit Isabelle lorsqu'elle eut assimilé la nouvelle. Je vais avoir un petit frère ou une petite sœur. Je pourrai m'en occuper.

— Oui ! C'est merveilleux, approuva Louise. Cependant, avec l'arrivée d'un bébé, la maison risque d'être un peu petite pour quatre personnes.

— Voyons ! dit Isabelle. L'appartement est suffisamment grand. Il y a une pièce qui ne sert à rien. Il suffit de la décorer. Je suis prête à vous aider. Ce sera fantastique d'avoir un petit bébé à câliner.

André et Louise se regardèrent. Isabelle ne voulait pas comprendre. Une fois encore, elle leur rendait la tâche difficile.

— Isabelle, dit André, je ne te raconterai pas d'histoires. Toi et moi, nous ne nous apprécions pas beaucoup. Nous sommes toujours à couteaux tirés. Tu n'es jamais contente. Avec toi, l'atmosphère de la maison est exécrable.

— À qui la faute? Tu passes ton temps à m'exaspérer. Tu ne me laisses jamais tranquille. C'est toujours toi qui commences les chicanes.

— C'est bien ce que je disais! déclara André. Nous deux, cela ne marche pas. Tu en conviens?

Où André voulait-il en venir? Allait-il encore lui demander de faire un effort? Et lui, pourquoi n'en faisait-il pas, des efforts?

— Pourquoi veux-tu gâcher la bonne nouvelle que maman vient de m'annoncer? Tu n'aurais pas pu attendre une autre fois pour m'embêter?

— Jusqu'ici, j'ai fait mon possible pour vivre en bons termes avec toi. J'ai supporté tes crises et ton mauvais caractère. J'ai enduré le climat tendu de la maison, mais je refuse que mon enfant grandisse dans la discorde. Je veux qu'il vive dans un climat sain et harmonieux. Un climat d'amour! Ta mère et moi croyons qu'il serait mieux, pour notre couple et notre futur enfant, que tu ailles vivre chez ton père.

Incrédule, Isabelle regarda sa mère.

— Je veux refaire ma vie, se justifia Louise. Je veux oublier mes erreurs de jeunesse et tout reprendre à zéro. Je suis encore jeune. Il est temps pour moi de le faire. Et toi, tu es maintenant assez grande pour comprendre. Tu es presque une adulte.

Une erreur de jeunesse! Ces mots bondissaient dans la tête d'Isabelle. Pour sa mère, elle était une erreur de jeunesse. Louise voulait se débarrasser d'elle, elle ne l'avait jamais aimée.

— Comme ça, cria l'adolescente, je suis de trop!

— Isabelle! Nous te demandons d'aller vivre chez ton père. C'est tout! Ce sera mieux pour toi comme pour nous. Tu pourras toujours venir nous rendre visite de temps en temps.

Isabelle avait explosé. Elle avait dit à André et à Louise des choses méchantes. Puis elle avait fait ses bagages et était partie avec la ferme intention de ne jamais revenir. Dans le taxi qui la menait chez son père, elle avait les yeux secs de la colère. Une fois encore, on la rejetait.

Deux jours plus tard, Isabelle ruminait encore sa colère quand Sandra, sa belle-mère, avait eu la mauvaise idée de faire une remarque désobligeante sur la vaisselle qui traînait sur la table. Il n'en fallait pas plus pour qu'Isabelle sorte de ses gonds. La petite Ingrid s'était mise à pleurer devant ses cris.

Le soir, au salon, François et Sandra avaient tenu à lui parler. Isabelle se doutait bien que son père allait encore une fois lui demander de faire un effort pour mieux s'entendre avec sa belle-mère.

— Isabelle, Sandra et toi, vous ne vous entendez pas. Soyons francs, vous ne vous aimez pas. Cela crée des tensions malsaines pour élever des enfants.

— C'est Sandra, la coupable ! Elle passe son temps à m'enquiquiner. Moi, je ne fais que me défendre.

— Et tu fais pleurer Ingrid, lui reprocha Sandra.

— Ce n'est pas ma faute ! Ingrid pleure pour un rien. Elle est trop sensible.

— Ingrid a peur de toi !

Isabelle resta sans voix. Elle avait bien remarqué qu'Ingrid l'évitait, mais elle n'avait pas cherché à savoir pourquoi. Elle croyait que Sandra lui avait défendu de jouer avec elle.

— Isabelle, cela ne peut plus durer ! Et puis, tes notes à l'école ne sont pas brillantes. J'en ai parlé à ta mère. Nous songeons à t'envoyer dans un pensionnat à l'automne. Ce sera mieux pour toi, comme pour nous.

Un pensionnat ! Pour Isabelle, c'était comme si on l'envoyait en prison. Son visage devint froid, son regard glacé.

— J'ai compris, dit-elle. Vous ne voulez pas de moi. C'est très bien. Dès demain, je m'en vais et vous ne me reverrez jamais plus.

— Isabelle, ce n'est pas ce que nous voulons.

— Si ! C'est exactement ce que vous voulez, mais vous n'avez pas le courage de me le dire. Je sais ce que c'est d'être abandonnée. Je l'ai été toute ma vie.

— Isabelle, tu exagères encore une fois nos propos. Ce n'est pas ce que nous voulons.

Dès le lendemain, Isabelle se réfugiait chez sa tante Jocelyne, la sœur de son père. Elle y passa les quelques jours qui la séparaient du départ vers l'Europe. Les cauchemars avaient recommencé.

Georgette avait écouté en silence le récit d'Isabelle. Elle la serra contre elle.
— Pauvre Isabelle !

3

Le tyrannique
horaire

L'horaire! Le tyrannique horaire!
Tous les jours, il fallait changer d'hôtel,
faire et défaire les valises, se lever de
bonne heure, se promener en plein soleil.
C'était éreintant. Et le docteur Ophessault
qui ne cessait de fouetter ses troupes.

— Dépêchons-nous. Notre quête ne
saurait souffrir aucun retard. Qui sait ?

C'est peut-être aujourd'hui que nous allons rencontrer une fée.

Et Paul, l'infatigable Paul! Toujours prêt à allonger le kilométrage pour goûter une pâtisserie, un vin, ou s'imprégner tout bonnement de l'atmosphère d'un marché de village ou de la vue d'un paysage. C'était lui qui conduisait et il profitait pleinement de son autorité de chauffeur pour imposer ses quatre volontés.

— Ah! la France! répétait-il constamment, le sourire fendu jusqu'aux oreilles.

Georgette et Isabelle auraient bien aimé le faire taire. Parfois, elles n'en pouvaient plus. Cet homme était increvable.

Après Toulouse, ce furent Montpellier, Saint-Guilhem-le-Désert, Agde, Pézenas, Béziers, Sète, Narbonne, Perpignan, Collioure. Sans compter tous les petits villages où une église, un monastère attiraient irrésistiblement Paul Perreault. Eugène Ophessault se félicitait d'un tel zèle, alors qu'Isabelle et Georgette plaidaient en faveur d'un horaire allégé. Pas facile de satisfaire tout ce monde!

Quant aux fées, aucune trace! Il y eut bien quelques faux espoirs, comme cette jeune vendeuse qui s'était fait un plaisir de discuter longuement avec Georgette et Isabelle. Elle adorait le Canada et ne voulait qu'améliorer sa compréhension de l'accent québécois. À Perpignan, il y avait aussi eu cette vieille dame très digne qui avait demandé un renseignement à Isabelle en la dévorant des yeux. Elle s'était aussitôt volatilisée dans une petite rue. Ophessault l'avait recherchée en vain. Bref, la quête des fées était pour le moment un fiasco complet.

Le soleil se couchait sur les Pyrénées. Les quatre Québécois dînaient à une terrasse. La journée avait été consacrée à la visite de Collioure.

— Il ne reste plus qu'une semaine avant le retour, se plaignit Eugène Ophessault en reposant son verre de vin. J'ai bien peur que nous ne fassions chou blanc.

Isabelle, Georgette et Paul tendirent l'oreille. C'était la première fois que le docteur laissait voir sa déception. Jusqu'ici, il avait toujours fait montre d'un optimisme à tous crins. Le savant soupira :

— Je savais bien que cette mission serait difficile, voire impossible, mais j'y croyais tellement.

Il regarda tour à tour Georgette et Isabelle.

— C'est un voyage que vous n'avez pas beaucoup aimé, n'est-ce pas?

— Moi, vous savez, les voyages..., temporisa Georgette. Je n'ai jamais aimé vivre dans les valises. Je préfère m'installer dans un endroit pour longtemps.

— Et toi, Isabelle?

Isabelle parut surprise de la question. C'est sûr qu'elle s'était souvent plainte et qu'elle avait parfois fait la mauvaise tête. Elle avait même boudé à quelques occasions, mais c'étaient là des comportements parfaitement compréhensibles. Jamais, elle n'avait imaginé que le docteur Ophessault puisse en déduire qu'elle n'appréciait pas le voyage.

— Mais, docteur, j'aime beaucoup ce voyage. C'est le plus beau de ma vie. Je vois toutes sortes de choses complètement nouvelles. Contrairement à mamie qui a hâte de retourner à Gentilly, moi, j'aimerais que ce voyage ne s'arrête jamais. Comme papi, j'aime beaucoup la France. Tout est si beau, si différent. C'est merveilleux.

Eugène Ophessault resta sans voix. Il était certain qu'Isabelle s'ennuyait à mourir. Il ne l'avait pratiquement jamais vue sourire et ne se rappelait pas l'avoir entendue rire. Elle affichait le plus souvent une mine revêche. Et en voiture, elle dormait continuellement au lieu d'admirer le paysage et de participer aux discussions. Décidément, cette jeune adolescente le déboussolait. Georgette prit sa défense :

— Il faut comprendre Isabelle. Depuis le début du voyage, elle dort mal. N'est-ce pas, Isabelle ?

— C'est vrai. Je fais des cauchemars.

— Des cauchemars ? s'étonna Paul. Quel genre de cauchemars ?

— Je cours dans un couloir et quelque chose de très méchant me poursuit. Je ne peux me réfugier nulle part. Toutes les portes se ferment devant moi. Je dois courir, courir, courir. Et puis, je tombe dans le vide. Alors, je me mets à crier...

— Et comme Isabelle dort mal, elle est fatiguée durant la journée, poursuivit Georgette.

— Et lorsque je suis fatiguée, je n'ai pas bonne mine. Les gens s'imaginent que je suis mécontente, mais ce n'est pas ça. Je suis épuisée, c'est tout.

— Et pourquoi fais-tu des cauchemars ? s'informa le savant.

Isabelle sembla se fermer comme une huître. Des yeux, elle supplia sa grand-mère de ne rien dire du projet de ses parents de l'envoyer dans un pensionnat.

— Enfant, Isabelle faisait souvent des cauchemars, expliqua Georgette. Ils sont revenus et on ne sait pas pourquoi.

— Tu devrais voir un psychologue, proposa Ophessault.

Isabelle se crispa. Pourquoi tout le monde voulait-il qu'elle rencontre des psychologues ? Pourquoi tant de chichis pour de petits cauchemars qui allaient disparaître d'eux-mêmes ? Ophessault avait remarqué la réaction défensive de la jeune fille. Il n'insista pas.

L'arrivée du dessert vint détendre l'atmosphère. Paul Perreault en profita pour aiguiller la conversation sur la prochaine étape. Le lendemain, ils devaient quitter la côte méditerranéenne et s'enfoncer dans les contreforts des Pyrénées. C'était une région sauvage où la nature n'avait pas encore cédé ses droits à la civilisation.

4

Espezel

— **N**ous nous sommes égarés ! bougonna Georgette.

Elle avait beau tourner dans tous les sens la carte Michelin, elle n'avait aucune idée du chemin qu'empruntait l'automobile.

— Mais, Georgette, se défendit Paul, tu m'as dit de tourner à droite et c'est ce que j'ai fait.

— Je sais, mais j'ai l'impression que je me suis trompée. Cette route est large comme ma main. Pourvu qu'on ne rencontre pas une autre voiture.

En effet, la route était si étroite que deux voitures ne pouvaient s'y croiser. Et cette minuscule route grimpait à flanc de montagne.

— Je n'aime pas ça, dit Paul. Nous montons sans cesse et il est impossible de faire demi-tour.

Le plus inquiétant, c'était le précipice qu'ils longeaient à quelques pieds, sans véritable garde-fou. La moindre fausse manœuvre, et c'était la chute. Paul était crispé sur le volant.

— Mamie, nous sommes vraiment très haut. Regarde la vallée! C'est tout petit, comme si nous étions en avion.

La route serpentait sans cesse, s'accrochant tel un fil aux parois rocheuses. À chaque tournant, Paul craignait la collision avec une voiture venant en sens inverse. Comment pouvait-on construire des routes si étroites et si dangereuses?

— Paul, fais attention!

Ophessault ne disait mot. Lui non plus n'aimait pas la situation. Après avoir longtemps monté, la route se mit

enfin à redescendre. Paul se détendit un peu.

— Papi, attention !

Devant eux, une camionnette surgissait d'une courbe. Paul braqua le volant pour l'éviter. Georgette se mit à crier. La voiture quitta la chaussée. C'était le vide, la chute, la mort certaine... un précipice de plus de cent mètres. Ophessault ferma les yeux. Sa dernière heure était venue. Sa quête des fées se terminerait par une tragédie.

« Pauvre Isabelle ! se dit-il. Mourir si jeune. »

Il y eut un choc sourd, semblable à l'atterrissage d'un avion. Le savant ouvrit les yeux. La voiture était de nouveau sur la route. Derrière eux, la camionnette s'était immobilisée. Le chauffeur en sortit. Il regarda le précipice, puis la voiture des Québécois et se gratta la tête.

— Bonne mère! dit-il. J'étais certain que vous étiez au fond du gouffre.

— Je ne sais pas ce qui s'est passé, dit Paul.

— Vous avez littéralement volé dans les airs. Pour avoir un tel élan, vous deviez avoir une sacrée vitesse.

— Mais non, j'allais doucement.

— Mais pourquoi vous êtes-vous lancé dans le vide?

— Pour éviter la collision!

— Quelle collision! Il y a assez d'espace pour deux voitures. Je me collais contre la paroi, vous aviez toute la place pour passer.

Le chauffeur dévisagea Paul.

— Vous, vous n'êtes pas d'ici.

— On est Québécois.

— Des Canadiens! Eh bé! Je n'ai jamais vu un tel coup de bol. La prochaine fois, faites attention. Modérez dans les courbes.

L'homme leur souhaita bon voyage et repartit. Paul resta de longues minutes debout devant l'abîme. Il ne comprenait pas. Selon toute logique, il devrait être mort.

— Paul, cria Georgette, viens vite! Le docteur ne se sent pas bien.

— Que se passe-t-il?

— Un malaise. Je crois que c'est mon cœur.

Paul reprit aussitôt le volant. Il jetait de fréquents regards à Ophessault.

— Ça va mieux?

— Un peu. J'ai pris un cachet. Mais il serait plus sage de nous arrêter au prochain village. J'ai le cœur fragile et les quinze derniers jours m'ont épuisé. J'ai bien peur d'avoir abusé de mon vieux corps.

La route s'élargissait et débouchait sur un vaste plateau. Des champs apparurent où broutaient vaches et chevaux. Un panneau annonçait un village.

Dans le rétroviseur, Paul vit le visage blanc comme neige de sa petite-fille. Elle dormait. Isabelle bougea légèrement et ses paupières s'entrouvrirent.

— Isabelle, es-tu malade?

Mais non, elle se sentait bien. À vrai dire, elle ne s'était jamais sentie aussi bien.

— Paul, répondit Georgette, laisse Isabelle dormir. Elle est épuisée. Sans elle, nous serions au fond d'un précipice, tous morts.

— Pardon?

— Isabelle nous a sauvé la vie.

— Quoi? Tu veux dire que c'est Isabelle qui...

— Tu m'as très bien comprise.

Paul n'insista pas. Si Georgette le disait, c'était sûrement vrai. Il avait déjà vu Isabelle faire léviter une cuillère, alors, pourquoi pas une automobile?

Isabelle revivait la scène. Elle revoyait la voiture s'élancer dans le vide. L'adolescente avait contracté tous ses muscles dans un effort de volonté suprême. Elle avait souhaité de tout son être que la voiture revienne sur la chaussée. Et, à sa grande surprise, cela s'était produit.

Quelle chance! Le premier hôtel rencontré avait trois chambres libres.

— Je vais aller m'étendre, dit le docteur Ophessault. Tout va bien. Ne vous inquiétez pas.

Le docteur n'avait pas tardé à s'endormir. Isabelle et ses grands-parents l'avaient laissé se reposer et avaient déjeuné au restaurant de l'hôtel.

— Où sommes-nous? demanda Isabelle.

— À Espezel, dans le pays de Sault, répondit Paul. Mon guide Michelin est muet sur ce village. Et pourtant, selon l'hôtelier, ce hameau a plus de mille ans d'âge et une population de trois cents âmes. C'est vieux mais pas très grand.

— Espezel! C'est un joli nom. On dirait un nom de conte de fées. Vous ne trouvez pas?

La jeune fille souriait. Elle avait une mine radieuse.

— Tu es certaine que tout va bien? questionna son grand-père.

— Très bien! Je me sens toute joyeuse, sans savoir pourquoi. C'est bizarre.

Paul et Georgette se regardèrent. Isabelle les inquiétait. Elle n'avait jamais été ainsi.

La jeune fille se promenait dans le village. Les maisons étaient soudées les unes aux autres, comme des maisons de ville. C'était très différent des villages québécois avec leurs maisons isolées sur leur grand terrain. Ici, tout était construit en rangs serrés, comme si on avait voulu économiser l'espace. Et pourtant, le village était en pleine campagne. Il y avait une église, une boucherie, une pharmacie, une épicerie et, surtout, une pâtisserie où elle avait acheté un petit pain au chocolat. Elle s'étonnait de voir tous ces commerces dans un si petit village.

L'adolescente revenait tranquillement vers l'hôtel. L'un de ses murs donnait sur une impasse où se trouvaient quelques habitations. Une odeur d'ail et de basilic parfumait l'air, et des conversations joyeuses s'échappaient des fenêtres.

Un bruit la fit se retourner. Un garçon s'approchait à vélo. Il fredonnait et souriait à belles dents. Il devait avoir quinze ans : les cheveux noirs, les épaules carrées, les yeux rieurs. Isabelle souhaita très fort qu'il s'intéresse à elle ! Le jeune homme cessa de chanter, la regarda d'un

air ahuri et perdit la maîtrise de son vélo. Il fonça sur le mur d'une maison et fut projeté au sol. Une éraflure au front se mit à saigner. Aussitôt des volets s'ouvrirent.

— C'est Denis !

— Il est tombé !

— Vite ! Il saigne !

Il y eut des hauts cris, des pas précipités, et le cycliste fut entouré en un instant d'une dizaine d'hommes, de femmes et d'enfants à la mine inquiète. Isabelle se retrouva parmi eux.

— Dis, Denis, tu vas bien ?

— Oui...oui ! J'ai vu une inconnue, et j'ai perdu la maîtrise de ma bécane. Je ne sais pas ce qui s'est passé.

Tous les regards se tournèrent vers l'inconnue en question.

— Je demeure à l'hôtel, dit Isabelle. Je voyage avec mes grands-parents.

— Tes grands-parents sont originaires d'ici ?

— Oh non ! Nous venons du Québec.

— Du Québec ! Eh bé ! c'est au bout du monde !

— Et pourquoi êtes-vous à Espezel ?

— C'est à cause du docteur Ophes-

40

sault. Il a eu une faiblesse.

— Ophessault, intervint un monsieur bedonnant à la tignasse blanche, ce n'est pas un nom très courant. S'agit-il du docteur Eugène Ophessault, le Prix Nobel?

— Oui! C'est lui.

Un grand silence se fit. Un Prix Nobel à Espezel!

— Et moi? se plaignit Denis. Personne ne s'occupe de moi? Je saigne. Je souffre. Je meurs et personne ne fait rien.

C'était vrai. On avait oublié l'accidenté. Deux femmes l'aidèrent à se relever.

— J'aime mieux ça, dit Denis. Je suis blessé. Il ne faudrait pas que cela s'infecte. Vous ne voulez quand même pas avoir ma mort sur la conscience!

— Ah, Denis! Toujours en train de faire le drôle! rigola une femme avec un fort accent provençal. Viens chez moi, j'ai tout ce qu'il faut pour nettoyer ta plaie. Elle est minuscule.

— Les plus petites sont les plus dangereuses, répliqua Denis. Il suffit d'un microbe, d'un seul microbe pour tuer un homme.

— Voyons, Denis. Pas un microbe

ne voudrait de toi!

— Les microbes ne sont pas si bêtes, approuva l'autre femme.

— C'est faux! Les microbes m'adorent.

Les deux femmes pouffèrent et soutinrent Denis, qui se retourna pour regarder une dernière fois Isabelle avant de disparaître derrière le porche d'une maison.

— Eugène Ophessault, répéta l'homme à la tignasse bouclée.

— Qui est-ce, grand-papa? demanda une jeune fille de l'âge d'Isabelle.

— C'est un grand savant. Durant la Deuxième Guerre mondiale, il a combattu pour libérer la France. C'est un héros. Il doit être très vieux. Je le croyais mort.

— Il est très vieux, approuva Isabelle, mais il n'est pas mort. Il se repose.

— Et tes grands-parents? demanda la jeune fille. Où sont-ils?

— Ils doivent être à l'hôtel. Leur voiture est là-bas.

— Et toi? Quel est ton nom?

— Isabelle Perreault.

— Moi, c'est Audrey Lacroix.

Elle tendit la main. Isabelle la serra.

— Si tu veux, je peux te guider et te montrer Espezel.

— Je veux bien.

— Alors, nous allons commencer par le lavoir. Suis-moi.

— Le lavoir ?

— C'est un endroit où les villageoises venaient autrefois battre le linge afin de le nettoyer. Il y a d'ailleurs une vieille légende attachée à ce lavoir.

— Une légende ?

— Selon la légende, la nuit, sur le coup de minuit, des fées viennent laver leur linge avec des battoirs en or.

— Des fées ! s'émerveilla Isabelle.

— Oui ! Des fées. Il y a plein d'histoires de fées dans la région. Il y a même une grotte des fées. Si tu veux, je pourrais t'y conduire.

Isabelle était des plus intéressées. Les deux jeunes filles remontèrent la rue en bavardant. Rapidement, on les entendit rire.

Par l'embrasure des volets de sa chambre, Eugène Ophessault avait suivi la scène. Sa fenêtre donnait sur l'impasse, et la collision du vélo contre le mur l'avait réveillé. Certains gestes avaient attiré son attention. Avait-il bien vu? N'était-il pas en train de fabuler? Le vieil homme se recoucha. Se pouvait-il que... Non, cela n'avait pas de sens. Et pourtant... il avait bien vu ce qu'il avait vu.

Trois femmes attendaient. Parfois, l'une d'elles regardait par la fenêtre.

— Calmons-nous! dit la plus vieille. Audrey ne devrait plus tarder.

— C'est quand même extraordinaire. Denis a bel et bien été victime d'un charme. J'en ai senti le souffle lorsqu'il a été jeté.

— Le charme était maladroit mais puissant! On a dû se mettre à trois pour le neutraliser. Sans cela, le pauvre Denis aurait été amoureux fou de cette fille le reste de sa vie.

— Ce n'est pas une blague à faire, même à Denis. Je me demande qui a osé jeter un tel sort.

Silence nerveux autour de la table.

— Je ne vois personne. Les plus susceptibles de vouloir jouer un tour à Denis, ce sont Audrey et moi. Il nous taquine souvent et nous le lui rendons bien. Mais jamais, au grand jamais, il ne nous viendrait à l'esprit d'utiliser nos pouvoirs dans un but si frivole.

— Et cette jeune Québécoise? C'est peut-être elle, la coupable?

L'idée causa du tumulte dans le groupe.

— Mais pour cela, il faudrait qu'elle soit une fée! Or, nous savons toutes que c'est impossible. Nous sommes le dernier cercle de fées sur terre. Non, l'une de nous a utilisé ses pouvoirs à mauvais escient. Nous devons la trouver, mais l'enquête ne sera pas facile. La dernière fois qu'une fée a ainsi fauté, c'était il y a plus de cent ans. Et nos ancêtres n'ont jamais trouvé la coupable.

Une silhouette passa devant la fenêtre.

— C'est Audrey. Nous allons en savoir plus.

La jeune fille entra.

— Alors?

— Isabelle n'a pas été ensorcelée. Seul Denis l'a été.

Un soupir de soulagement se fit entendre. Il allait être beaucoup plus facile de limiter les dégâts.

— Cependant, continua Audrey, je me pose de sérieuses questions sur cette fille. Je n'en suis pas certaine, mais elle pourrait bien être une fée.

Six yeux étonnés fixèrent Audrey.

— Quoi? A-t-elle répondu au signe?

— Non, bien que je le lui aie fait une bonne dizaine de fois. J'ai l'impression qu'elle ne le connaît pas. Je ne sais même pas si elle est consciente d'être une fée. Peut-on être une fée sans le savoir?

— Rien n'est impossible, mais c'est fortement improbable.

— C'est pourtant l'impression qu'elle m'a laissée. Elle n'est même pas consciente d'avoir jeté un charme à Denis.

— Mais voyons! C'est absurde! Cela nécessite une longue préparation et une concentration extrême.

— Elle m'a dit qu'elle avait souhaité très fort que Denis la remarque parce qu'elle se sentait seule et qu'il lui plaisait.

Les fées se regardèrent, incrédules.

— Je n'ai jamais entendu parler d'une fée qui jetait des sorts sans le savoir.

— Pour maîtriser un charme aussi

puissant, il faut des années de pratique. Cela ne se fait pas comme ça. Quel âge a-t-elle?

— Treize ans, comme moi!

— C'est impossible qu'une fée si jeune puisse exercer un tel charme. Elle t'a sûrement menti.

— Je ne crois pas, répondit Audrey. Isabelle est très ouverte, très candide. Elle m'a parlé sans aucune hésitation de Georgette, sa grand-mère paternelle qui n'aime pas les voyages alors que son grand-père les adore.

— Tu veux dire qu'elle est accompagnée de sa grand-mère paternelle?

— Exactement!

Toutes savaient fort bien que le don de fée se léguait de grand-mère à petite-fille en passant par le fils. D'où le lien étroit qui unissait toujours les petites fées à leur grand-mère. Les femmes commencèrent à prendre au sérieux la possibilité qu'Isabelle soit la coupable.

— Si Isabelle est vraiment une fée ignorante de son état, elle peut nous faire beaucoup de tort avec ses maladresses. Elle risque d'attirer l'attention des médias sur notre village. Or notre discrétion est notre plus grande protection. Rappelons-nous le triste sort de nos ancêtres qui ont ouvertement œuvré au bien de l'humanité.

Il y eut un silence en souvenir des milliers de fées brûlées vives au Moyen Âge.

— Et que fait Isabelle à Espezel?

— C'est une escale imprévue dans leur voyage. Ses grands-parents se sont perdus et le malaise du docteur Ophessault les a forcés à s'arrêter à Espezel. Sans cela, ils auraient couché ce soir à Mirepoix et nous n'aurions jamais rien su d'eux. Cependant, elle a paru très intéressée par les vieilles légendes qui courent dans la région sur les fées.

— C'est très louche tout ça.

Les quatre fées réfléchirent intensément. Quelle attitude devaient-elles prendre? Pour leur protection, elles devaient préserver le secret de leur existence à tout prix. Par contre, si cette fille était une fée, ne devaient-elles pas l'accueillir dans leur cercle? La solidarité entre fées le leur commandait.

— Que sait exactement Isabelle?

— Rien! Elle ignore tout de nous. C'est ma conviction profonde.

— Dans ce cas, tu dois continuer à

la surveiller. Si elle est bien une fée, si sa grand-mère est une fée, nous devrons réfléchir à ce que nous devons ou ne devons pas faire. La situation est grave.

5

Charmante Isabelle

Ophessault gardait le lit. Il s'était fait monter un petit-déjeuner et le savourait devant ses compagnons de voyage.

— Je vais mieux, dit-il, mais je crains de devoir me ménager pendant quelques jours. Je dois être très prudent.

— Et la quête aux fées ? s'informa Paul.

— Elle est remise à plus tard. Mais rien ne vous empêche de visiter la région.

Notre hôtelier m'a expliqué qu'Espezel est une excellente base pour explorer les châteaux cathares, et les jolies villes de Limoux, Mirepoix et Quillan. Bref, il y a plein de choses à voir. On peut même y faire de la randonnée pédestre en suivant le sentier cathare.

— Alors, nous restons ici, conclut Isabelle, le sourire aux lèvres.

— Je le crains, admit Ophessault. Je ne suis pas en état de voyager et j'ai cru bien faire en réservant pour les cinq prochains jours.

Il prit une bouchée de son croissant au chocolat. Isabelle, Georgette et Paul le regardèrent, un peu étonnés. Ophessault semblait se porter comme un charme.

— Excellent, ce café! Et les croissants sont très frais, la pâte est délicieusement feuilletée. Je vous les conseille.

— Cinq jours! dit Paul, dépité. Nous allons rester dans ce petit patelin cinq jours! Et Carcassonne? Nous devions absolument voir Carcassonne?

— Ce n'est qu'à une heure de voiture. C'est une excursion d'une journée.

— Cinq jours au même endroit! se réjouit Georgette. Plus de valises à faire et défaire! Mais c'est parfait!

— Je suis bien contente, approuva Isabelle. Moi, je me suis fait une amie. J'ai hâte de lui raconter que nous restons quelques jours.

Elle embrassa le docteur et ses grands-parents et s'en alla en sautillant. Ophessault restait figé, un croissant entre les dents.

— Mais elle m'a embrassé! Elle ne l'avait jamais fait auparavant. Et avez-vous vu comment elle souriait? Elle était radieuse. Je ne l'ai jamais vue ainsi.

— Depuis l'accident, Isabelle est très bizarre, confirma Georgette.

— Elle nous inquiète beaucoup, précisa Paul. Hier soir, au dîner, elle a été d'une gentillesse et d'une drôlerie inhabituelles. Elle a ri pendant tout le repas. Ce n'est pas normal.

— Je n'y comprends rien, approuva Georgette. Elle n'a jamais été aussi agréable. L'hôtelier m'a dit qu'il la trouvait CHARMANTE et que c'était une vraie joie de recevoir une demoiselle si GENTILLE et CHALEUREUSE. Je ne peux pas m'empêcher d'être préoccupée.

Ophessault avala son croissant de travers. Il toussa pour reprendre son souffle.

— Et ses cauchemars? s'enquit-il.

— Plus de cauchemars, répondit Georgette. Elle aurait même fait de beaux rêves. C'est le monde à l'envers. Ce matin elle était toute pimpante. Et ce n'est pas tout. Hier soir, après le dîner, elle est sortie et est revenue avec une jeune Française, une amie.

— Et pourquoi êtes-vous si surpris? s'informa Ophessault.

— Vous ne vous rendez pas compte. C'est la première fois qu'Isabelle nous présente une amie.

Ophessault afficha un air sceptique. Il ne comprenait pas ce que les Perreault essayaient de lui dire.

— Nous l'avons souvent invitée à venir à Gentilly avec une copine et elle ne l'a jamais fait, ajouta Georgette.

— Elle n'a jamais présenté une amie à François non plus. Jamais.

— Et Louise, sa mère, ne l'a jamais vue avec une amie.

— Et alors? questionna Eugène Ophessault.

— Et alors! Et alors, Isabelle n'a jamais eu d'amies. Elle a toujours été une jeune fille solitaire, incapable de tisser des liens d'amitié avec des enfants de son âge.

— Alors, tout d'un coup, elle arrive à Espezel et elle se fait une amie. Vous ne trouvez pas ça bizarre ? Pourquoi ici, à Espezel ? Pourquoi cette jeune fille si difficile de caractère deviendrait-elle subitement... (Paul Perreault claqua des doigts)... CHARMANTE ?

— Pourquoi ? demanda le savant.

— Nous ne le savons pas, mais nous craignons le pire, dit Georgette. Aurait-elle pu les ensorceler ? N'est-ce pas vous qui disiez qu'elle pouvait se transformer en sorcière ?

— Enlevez-vous ça de la tête ! Isabelle n'a pas les pouvoirs d'ensorceler tout un village. Cela ne tient pas debout.

— Mais, intervint Paul, elle a réussi à faire voler une automobile de plus de mille kilos, avec quatre passagers à bord. Ce n'est pas rien.

— Faire léviter un objet est une chose, manipuler des esprits en est une autre. Croyez-moi, Isabelle en serait incapable. Il faut chercher ailleurs.

— Alors, c'est peut-être Isabelle qui est ensorcelée ! Comment expliquer qu'elle soit si agréable, si charmante tout à coup ?

Ophessault réfléchit en finissant son café.

— Il y a quelque chose de louche, admit-il. Mais oubliez les ensorcellements. Il faut chercher ailleurs. D'après moi, c'est psychologique. La peur extrême qu'elle a connue lors de l'accident a peut-être fait éclater les barrières psychiques qui emprisonnaient sa bonne nature depuis son enfance.

Paul leva les yeux vers le plafond.

— Voyons ! Je m'attendais à mieux d'un Prix Nobel. Ce que vous dites est aussi absurde que ce que nous disons. N'est-ce pas, Georgette ?

Les propos du docteur avaient cependant trouvé un écho chez madame Perreault.

— Paul, c'est vrai qu'Isabelle a toujours eu une bonne nature. Je l'ai souvent dit. Si ce n'était de son enfance difficile, Isabelle serait charmante et réussirait facilement ses cours. Elle serait même une première de classe, comme je l'ai été. Le docteur a peut-être raison au sujet des barrières psychiques qui auraient explosé.

— Mais peut-être aussi qu'il a tort, rétorqua Paul. Pardonnez-moi, docteur, mais je suis vraiment très inquiet.

— Votre inquiétude m'apparaît nettement exagérée, répondit le savant. À première vue, ce changement est plutôt positif. Isabelle ne semble pas en souffrir, bien au contraire.

Ophessault marquait un point.

— Vous avez raison, docteur, approuva Georgette. Dans le fond, nous avons probablement tort de nous affoler. Nous devrions plutôt nous réjouir. Je ne l'ai jamais vue aussi heureuse.

Paul opina de la tête. Qu'il est donc difficile d'être grand-parent ! On s'inquiète quand tout va mal. Et on s'inquiète encore plus quand tout va bien.

Isabelle et Audrey marchaient d'un bon pas le long du chemin. Elles se dirigeaient vers le terrain de football où elles devaient rencontrer des jeunes du village pour un match.

— Je n'ai jamais joué au football, dit Isabelle. Ce n'est pas un peu violent ?

— Du tout. Tu verras, c'est facile. Il suffit de taper dans le ballon quand il vient vers toi. Et tu cours dans le même sens que les joueurs de ton équipe.

Audrey se mit à rire.

— Tu verras, c'est amusant. Et puis, il y a des garçons!

Au terrain, Isabelle et Audrey furent rapidement entourées. Il y avait une dizaine de joueurs. On n'attendait plus qu'elles.

— Isabelle, es-tu bonne au foot? demanda Denis, qui ne la quittait pas des yeux.

— Je n'ai jamais joué. À vrai dire, je ne suis pas très sportive.

— Cela n'a pas d'importance. Tu seras dans mon équipe.

Et la partie commença. Isabelle essayait de suivre le jeu, mais ne réussissait pas à maîtriser le ballon. Audrey était beaucoup plus habile. Mais le meilleur était sans conteste Denis. Le ballon semblait lui coller aux pieds. Il dribblait avec finesse et s'acharnait à faire des passes à Isabelle qui perdait continuellement le ballon. Elle riait et repartait à courir de plus belle. Elle s'amusait follement.

À la fin de la partie, Denis s'approcha de la Québécoise.

— Isabelle, tu dois pratiquer un peu. Il faut que tu apprennes à frapper le ballon.

— Il bouge tout le temps. Ce n'est pas facile.

— Regarde. Je le mets à tes pieds. Frappe le plus fort que tu peux.

Isabelle s'exécuta. Le ballon roula piteusement au sol.

— Pas terrible, commenta Denis. Je vais te montrer comment faire. Observe-moi!

Le ballon s'envola vers le but en effectuant une gracieuse courbe.

— Tu vois? Le secret, c'est de frapper avec le dessus du pied. Tu peux ainsi mieux imprimer une trajectoire au ballon. Essaie de nouveau.

— Tu es capable, Isabelle!

— Allez, Isabelle!

Tout le monde l'encourageait. Isabelle respira profondément. Elle désirait tellement faire bonne impression sur Denis. Elle prit position derrière le ballon. Au lieu de viser, comme Denis, le but le plus proche, celui à vingt mètres, elle visait le but le plus éloigné, à quatre-vingts mètres.

— Pas celui-là, dit Denis. Il est trop loin.

C'était trop tard. Isabelle s'était déjà élancée et frappait le ballon. Celui-ci s'éleva dans les airs, traversa les quatre-vingts mètres en zigzaguant et termina sa course dans le filet. Isabelle sauta de joie, mais s'arrêta net devant les mines stupéfaites de ses coéquipiers. Audrey semblait la plus troublée.

— Qu'est-ce qu'il y a ? J'ai réussi !

— Stupéfiant ! dit Denis. Un tir de quatre-vingts mètres. Et quelle trajectoire bizarre ! Je n'ai jamais rien vu de semblable.

Isabelle comprit qu'elle en avait trop fait.

— C'est la chance du débutant, dit-elle.

— Imagine ce que tu pourrais faire avec un peu de pratique ! Allez ! Frappe de nouveau !

Cette fois, le ballon ne roula que quelques mètres.

— J'ai manqué mon coup.

— Ce n'est pas grave. L'important c'est que tu aies le potentiel. Il reste à le développer. Quand je vais raconter aux gens de la cour que tu es capable d'une frappe de quatre-vingts mètres, ils ne me croiront pas.

Tout le monde prit la route du village. Audrey était songeuse. Isabelle se demandait pourquoi.

— Un tir de quatre-vingts mètres! Oh là là!

— En plein dans le filet, précisa Audrey.

— Et qu'as-tu fait?

— J'ai dû utiliser un charme d'oubli pour éviter que la nouvelle ne s'ébruite. Mais, maintenant, il n'y a plus aucun doute : Isabelle est une fée! Et j'ai l'impression qu'elle ne se rend pas compte de ses pouvoirs. Si elle continue, elle risque d'attirer l'attention sur notre village.

— C'est très mauvais, dit sa grand-mère. Que l'humanité nous ait oubliées est notre meilleure défense! Nous n'avons pas besoin de publicité.

— Nous pourrions peut-être lui dire la vérité, suggéra Audrey. Elle serait plus prudente si elle partageait notre secret.

La vieille fée réfléchit.

— Est-elle digne de confiance ? Saura-t-elle garder un secret ?

— Je crois que oui. Tu sais, mamie, elle est très sympathique. Elle est super-gentille. Si elle fait du mal, c'est par ignorance. Cela me fait drôle de la surveiller et de l'espionner. Je suis un peu mal à l'aise.

— Je te comprends. C'est une situation tout à fait nouvelle pour nous. Hier encore, je croyais qu'il n'existait pas d'autres fées que nous sur la terre. Pendant plus de vingt ans, avec nos sœurs, nous avons visité l'Europe, l'Asie, l'Afrique, l'Amérique. Nous sommes allées partout et nous n'avons jamais trouvé personne. Et voilà qu'Isabelle nous tombe du ciel comme par enchantement. Je ne sais que penser.

— Plus nous serons nombreuses, plus nous serons fortes. Tu me l'as souvent dit. Et puis, n'as-tu jamais rêvé de faire revivre la grande société des fées ?

— C'est vrai, Audrey. C'est un vieux rêve. À l'époque, j'étais une jeune fée pleine d'idées révolutionnaires. Depuis, j'ai vieilli et je me suis habituée au petit bonheur tranquille d'Espezel. Qu'il existe d'autres fées que nous m'effraie au lieu de me réjouir. Peut-être ne suis-je plus digne d'être votre guide.

— Mamie, que racontes-tu là ? Tu es la meilleure.

— Tu es gentille, mais je dois convoquer la réunion du cercle. La situation est grave.

6

Le signe des fées

— **C**omprenez-moi, docteur. Tous les gens semblent l'adorer ! Audrey est même venue nous inviter officiellement à prendre l'apéritif chez ses parents. Imaginez ! Un apéritif en notre honneur ! Et tout ça parce qu'Isabelle est CHAR-MANTE !

De sa fenêtre, Eugène Ophessault surveillait la cour où vivait Audrey. On était en train d'y installer des chaises et des tables. Une fête se préparait.

— Et, bien sûr, Paul a aussitôt accepté. Il dit que c'est extraordinaire d'être reçus dans une famille française. Que c'est une grande marque d'estime!

— Il n'est pas avec vous?

— Il est au bar. Vous le connaissez. Il s'est mis à parler à tout le monde, à faire des blagues. Tantôt, il racontait des histoires de chasse à l'orignal et il y avait bien une dizaine de Français autour de lui à pousser des oh! et des ah!

De la main, Ophessault invita Georgette à s'asseoir.

— Madame Perreault, je dois vous confesser que je n'ai pas été très honnête avec vous.

— Que voulez-vous dire?

— Il est vrai que j'ai eu un malaise qui a forcé notre arrêt à Espezel. Mais, si j'ai décidé de prolonger notre séjour, ce n'est pas à cause de ma santé.

— Pourquoi, alors? Vous ne voulez plus trouver les fées?

— Au contraire! J'ai été témoin d'événements qui me portent à croire qu'il y a des fées à Espezel.

Heureusement, Georgette était assise, ce qui l'empêcha de tomber à la renverse. Des fées à Espezel!

— Connaissez-vous le signe des fées ?

— Le quoi ?

— Pour se reconnaître entre elles, les fées utilisent un signe secret.

— Pourquoi avoir tant tardé à en parler ? Cela nous aurait aidés dans notre quête !

— Ma mère, la fée Maude, m'en avait parlé, mais elle s'était toujours refusée à me l'enseigner. Elle disait que ce secret ne se communiquait que de fée à fée.

— Et ?

— L'après-midi de notre arrivée, j'ai vu Audrey faire à plusieurs reprises un signe à Isabelle qui n'a rien remarqué. Ce geste anodin m'a plongé dans mes souvenirs. J'ai revu ma mère et ma fille l'échanger. J'y ai réfléchi toute la nuit et, d'après moi, ce signe qu'Audrey a utilisé, c'est le signe des fées.

Audrey, la gentille Audrey, serait une fée ? Mais voilà pourquoi les deux adolescentes se sont liées si rapidement ! Georgette était tout ouïe.

— Et puis, continua Ophessault, il y a la métamorphose d'Isabelle. Il y aurait bien une explication, mais, jusqu'ici, j'ai préféré la taire.

— Mais parlez, docteur ! Quelle est cette explication ?

— Avez-vous remarqué que l'humeur d'Isabelle est meilleure lorsque vous êtes près d'elle ? En votre compagnie, Isabelle ne se fâche presque jamais. Alors qu'en votre absence, elle prend facilement la mouche.

— C'est parce que les gens ne savent pas comment la prendre.

— Non. C'est parce que vous êtes une fée. Et l'aura d'une fée éveille ce qu'il y a de meilleur chez les autres fées.

— Vous voulez dire que ma présence suffit à améliorer le caractère de ma petite-fille ?

— Comme votre aura n'est pas très puissante, l'amélioration est minime mais perceptible.

— Mais cela ne peut expliquer le changement soudain d'Isabelle !

— Imaginez qu'elle se trouve entourée de dizaines de fées. L'effet de leurs auras conjuguées pourrait métamorphoser Isabelle.

Georgette se tortilla sur sa chaise.

— C'est vrai, dit-elle, que sa transformation coïncide avec notre arrivée à Espezel. Cela voudrait-il dire qu'il y a ici plusieurs fées?

— Exactement! Si, comme je le pense, l'humeur d'Isabelle agit comme un baromètre de la présence des fées, alors je ne serais pas surpris qu'Espezel compte la plus grande concentration de fées sur terre.

L'émotion commençait à altérer la voix du professeur.

— Comprenez-vous, Georgette? Cela veut dire que notre quête n'a pas été vaine. Cela veut dire que nous sommes en voie de réaliser la promesse que j'ai faite à ma mère sur son lit de mort: ressusciter la grande société des fées.

La voix d'Ophessault se brisa. Une larme coula sur sa joue.

— Pardon, dit-il. Lorsque je pense à ma mère, c'est plus fort que moi. Et puis, il y a ma fille Aurore, ma petite fée. Tout cela me revient à l'esprit.

Le savant renifla à plusieurs reprises. Il prit un mouchoir. Ses yeux étaient rouges.

— Voilà! C'est passé.

Il respira profondément.

— Donc, reprit-il d'un ton plus assuré, il existe une forte probabilité qu'il y ait des fées à Espezel. Il faut maintenant agir avec beaucoup de doigté.

— Que proposez-vous?

— Ces femmes se doutent qu'Isabelle et vous êtes des fées. Elles voudront en savoir plus. Et pour cela, quoi de plus normal que d'inviter à un apéritif les grands-parents de la nouvelle amie d'Audrey?

— C'est donc ça! Cet apéritif n'est qu'un prétexte pour nous sonder.

— Bien sûr! Mettez-vous à leur place. Des fées inconnues à Espezel! Je les devine troublées et hésitantes. Il vous faudra de la diplomatie pour gagner leur confiance.

— Et Paul? Doit-on l'avertir?

— Je préfère qu'il n'en sache rien. Les fées d'Espezel ont su garder le secret de leur existence pendant des siècles. Par respect, mieux vaut le préserver à notre tour.

Des bouteilles d'apéros de toutes sortes trônaient sur une table et des amuse-gueule circulaient parmi les gens de la cour. Assise très droite, madame Perreault souriait diplomatiquement, répondait brièvement aux questions et s'efforçait de bien parler en exagérant quelque peu sa diction.

Isabelle discutait avec Audrey et Denis. Elle fut surprise de voir que Denis connaissait presque mieux qu'elle le Québec. Il avait lu plusieurs auteurs québécois, possédait les CD de nombreux chanteurs et était au fait de la situation politique. Isabelle l'écouta plus qu'elle ne parla. Denis en semblait ravi.

Quant à monsieur Perreault, sa chasse à l'orignal était devenue un classique et lorsqu'il raconta comment sa grand-mère avait pourchassé un ours avec un rouleau à pâte, ce fut l'apothéose. Bon prince, il passa le crachoir au grand-père d'Audrey. Ce dernier avait une obsession qui occupait tous ses loisirs depuis plus de quarante ans : le trésor des Cathares ! Ses proches le taquinaient souvent sur le sujet, aussi était-il heureux d'avoir un nouvel auditoire. Il se lança avec passion dans l'histoire des Cathares, ces hérétiques qui avaient fait trembler l'Église catholique au temps jadis.

— Il faut s'imaginer la région en l'an de grâce 1243. Les derniers Cathares, pourchassés par l'armée à la solde de l'Inquisition, se sont réfugiés dans le château de Montségur, tout près d'ici. Pendant un an, ils résistent à la soif, à la faim, au froid, aux maladies. Plusieurs se suicident plutôt que de se rendre. Et ceux qui sont pris vivants refusent d'abjurer leur foi. Ils sont plus de deux cent vingt à périr fièrement sur le bûcher de l'Inquisition. Mais avant que le château tombe, quelques Cathares réussissent à s'échapper par une nuit noire et sans lune. Ils emportent avec eux un trésor d'une richesse inouïe, le trésor des Cathares. Et ce trésor, personne ne l'a jamais retrouvé.

— Si personne ne l'a découvert, c'est probablement parce qu'il n'existe pas, conclut Paul Perreault. Encore une légende.

— Si c'était une légende, l'Inquisition n'aurait pas fait des pieds et des mains pour le trouver. Elle a cherché partout. Elle a démoli des châteaux pierre par pierre. Elle a torturé et tué, mais tout cela en vain. Les Cathares ont préféré mourir plutôt que de divulguer l'endroit où leur trésor était caché. Croyez-moi, ce trésor existe!

Le papi d'Audrey hésita avant d'en dire plus.

— Et? l'encouragea Paul, qui sentait que le retraité voulait parler.

L'ancien représentant commercial de bois en tout genre se pencha vers le Québécois.

— Moi, Jean Lacroix, je connais l'endroit où les Cathares ont caché leur fameux trésor. Un endroit où jamais personne n'a songé à fouiller!

— Où cela?

Jean Lacroix chuchota un mot à l'oreille de Paul Perreault et se redressa, le sourire aux lèvres.

— Vous croyez vraiment que...

— Chut! dit-il. C'est l'aboutissement d'une vie de recherches. Sachez que tous les indices que j'ai amassés me mènent immanquablement vers ce lieu. Il est d'ailleurs étonnant que personne n'y ait pensé avant moi.

Captivé par l'histoire de Jean Lacroix, Paul Perreault ne remarquait rien des événements qui se passaient à quelques mètres de lui. Georgette sirotait un muscat en écoutant avec une bienséance étudiée les propos de l'hôtesse, la grand-mère d'Audrey. C'est alors que celle-ci fit un petit signe anodin, le signe que lui avait dévoilé Eugène Ophessault, le signe des fées. Georgette resta de marbre. Elle but une petite gorgée de l'excellent apéritif et, imperceptiblement, elle répéta le geste. Trois des femmes présentes s'étouffèrent. Puis le signe fut repris par dix d'entre elles. La jeune Audrey fut la dernière à se commettre. Georgette Perreault termina son muscat comme si de rien n'était. Elle avait tout noté. Ainsi donc, le docteur Ophessault avait raison. Il y avait des fées à Espezel.

— Madame Georgette, dit la mamie d'Audrey, puis-je vous faire les honneurs de ma maison?

— Ce serait avec joie, madame Huguette.

Les deux femmes s'excusèrent et disparurent à l'intérieur. Madame Huguette Lacroix refit le signe. Georgette le répéta.

— C'est donc vrai, balbutia Georgette, bouleversée. Vous êtes une fée!

— Et vous aussi? Nous croyions être les dernières.

— Si vous connaissiez mon histoire, dit Georgette. Je n'aurais jamais cru rencontrer un jour des fées. C'est incroyable!

— Oui! Un hasard incroyable!

— Je dois vous avouer que nous avons un peu forcé la chance. La fée ancêtre, responsable de ma lignée, venait du Languedoc-Roussillon. C'est avec l'espoir fou de retrouver de lointaines et improbables cousines françaises que nous avons entrepris ce voyage. Cela fait plus de deux semaines que nous vous cherchions. Nous n'y croyions plus.

Georgette s'apprêtait à raconter son histoire. Ophessault lui avait bien recommandé de dire la vérité, toute la vérité, rien que la vérité. Cela tombait bien : Georgette avait horreur du mensonge.

La grand-mère d'Audrey l'arrêta d'un geste de la main.

— Non, dit-elle. Pas maintenant. À minuit, vous viendrez nous rejoindre à la croix du rocher. Là, vous nous direz tout.

— La croix du rocher ? Où est-ce ?

— Vous viendrez avec Isabelle. Elle connaît l'endroit. Audrey le lui a montré. Nous y tiendrons un cercle des fées.

— À minuit ! Et mon mari, que dois-je lui dire ?

— Sait-il que vous êtes une fée ?

— Bien sûr ! Le docteur Ophessault aussi.

Huguette Lacroix avala difficilement sa salive. Seules les fées devaient savoir.

— Ce sont les seuls ?

— Non ! Il y a mon fils François, le père d'Isabelle.

Cela allait à l'encontre de toute prudence.

— Il n'y a personne d'autre ?

— Non ! Rassurez-vous, nous sommes très discrètes.

— Je vois, dit Huguette d'un ton réprobateur.

Lorsque les deux femmes reprirent leur place, Audrey comprit à la mine soucieuse de sa grand-mère que quelque chose clochait.

Vers minuit, deux ombres quittèrent l'hôtel. Elles marchaient d'un pas vif. Elles traversèrent le village et empruntèrent une route de terre, vers une colline couronnée par un pic rocheux. Sur ce pic se dressait une croix. Isabelle et Georgette y arrivèrent à bout de souffle. Une trentaine de femmes les y attendaient. Elles formaient un cercle et affichaient une mine austère.

Audrey fit à Isabelle un petit signe amical. Les autres la regardèrent d'un air sévère, comme si elle avait commis une faute impardonnable. L'atmosphère n'était pas à la joie.

— Fées Georgette et Isabelle, veuillez entrer dans le cercle.

Le ton ne tolérait aucune réplique. Les deux femmes s'exécutèrent.

— C'est la première fois, depuis plus de cinq cents ans, que des fées inconnues viennent à Espezel, commença Huguette Lacroix. Je ne vous cacherai pas que nous sommes étonnées et méfiantes. Étonnées, car nous croyions être les seules fées survivantes sur terre. Méfiantes, car vous n'êtes pas très discrètes. Surtout, Isabelle!

— Moi, mais qu'est-ce que j'ai fait?

— Tu as utilisé par deux fois ton pouvoir pour des raisons futiles, bafouant ainsi les règles des fées. Chaque fois, nous avons dû intervenir rapidement pour réparer tes maladresses.

— Mes maladresses?

— Nies-tu, Isabelle, que tu as ensorcelé Denis d'un charme d'amour?

— Je ne sais même pas comment faire un charme d'amour. J'ai uniquement souhaité qu'il s'intéresse à moi. C'est tout. Ce n'est pas un péché!

— Nies-tu avoir dirigé la trajectoire d'un ballon pour plaire à Denis?

— Oh! J'ai frappé en souhaitant très fort que le ballon se rende au but. Je ne savais pas que c'était mal.

— Un tir de quatre-vingts mètres! Nous avons dû utiliser un charme d'oubli sur dix jeunes gens. Jamais nous n'avions dû faire une telle intervention. Ton exploit aurait pu attirer l'attention des médias sur notre village et nous mettre toutes en danger.

— Je n'y avais pas pensé. Je ne savais même pas que vous existiez!

— Si Isabelle a fauté, intervint Georgette, c'est par pure ignorance. Nous sommes des fées orphelines! Des fées qui ne connaissent rien au monde des fées. Avant de nous juger, je vous prie d'écouter notre histoire.

Des regards sévères se posèrent sur Georgette et Isabelle.

— Fort bien! Nous vous écoutons.

Méthodiquement, Georgette entreprit de dire toute la vérité. Parfois, Isabelle intervenait pour ajouter un détail. Les fées furent rapidement médusées. Leur méfiance fit place à la stupéfaction. La première fois qu'il fut question des licornes, elles pâlirent, l'une d'elles eut même une faiblesse.

— Des licornes blanches !

Lorsqu'Isabelle raconta la mort du licorneau, Audrey ne put retenir ses larmes. Plusieurs femmes se mouchèrent d'émotion. Georgette poursuivit ; elle expliqua la raison de leur présence en France et l'heureux hasard de leur arrêt à Espezel.

Le silence se fit. Éberluées, les fées ne savaient plus que penser.

— Isabelle et Georgette, aucune de nous n'était préparée à de telles révélations. Que le dernier troupeau de licornes blanches ait trouvé refuge au Québec est... est...

Huguette Lacroix ne trouvait plus ses mots. Pour une Française, c'était le signe d'une grande émotion.

— ... déroutant, déconcertant et troublant, finit-elle par dire. Nous ne savons trop comment réagir. Mais avant, nous aimerions savoir ce que vous attendez de nous.

— Si nous sommes ici, c'est grâce au docteur Eugène Ophessault. Il aimerait avoir le privilège de vous rencontrer. Avec votre aide, il désire faire revivre la grande société des fées.

Jamais une telle requête ne leur avait été faite.

— Nous ne vous cacherons pas, dit la fée Huguette, que le fait qu'un humain connaisse notre existence nous indispose. Aucun de nos proches ne sait ou ne soupçonne que nous sommes des fées.

— Même pas votre mari? s'étonna Georgette.

— Seules les fées doivent savoir! C'est une règle absolue.

— Nous connaissons la règle. Mais les licornes elles-mêmes l'ont brisée, rappela Georgette. Elles font confiance au docteur.

— C'est surprenant de la part des licornes, convint Huguette. Mais, pour nous, le secret est capital. Notre sécurité en dépend. Est-ce que d'autres que vous connaissent notre existence?

— Seul le docteur Ophessault est au courant. Paul n'en sait rien.

— Et François?

— Il sait pourquoi nous sommes en France, mais il ignore tout de vous.

— Fort bien! Pour le moment, nous vous demandons de bien vouloir nous laisser. Le cercle doit délibérer. Nous communiquerons avec vous d'ici peu.

Le cercle s'ouvrit. Isabelle et Georgette s'éloignèrent. Elles n'osèrent parler qu'une fois rendues au village.

— Elles ont peur de quelque chose, dit Isabelle.

7

L'étrange
proposition

Le pog de Montségur était un énorme
piton rocheux, presque une montagne.
Au sommet étaient perchées les ruines
du fameux château. C'était là que les
derniers Cathares avaient résisté à l'armée du roi de France, en croisade contre
les hérétiques.

— Cette citadelle était réputée impre-
nable, expliqua Jean Lacroix. D'où son

nom : « mont sécure », ou, si vous préférez, « mont ségur ».

Paul Perreault et son nouveau compagnon s'étaient mis en route aux petites heures du matin. Ils avaient gravi le sentier menant aux ruines du château et se trouvaient maintenant sur un bout de rempart. À leurs pieds, c'était le vide. Le vent sifflait.

— Quel site fantastique ! dit Paul.

— Un lieu à la mesure des Cathares ! renchérit Jean. C'est ici que, le 23 décembre au soir de l'an de grâce 1243, deux bonshommes s'évadèrent avec le trésor de l'Église cathare, au nez et à la barbe des assaillants.

— Des bonshommes ?

— C'est ainsi qu'on nommait les plus vertueux des fidèles cathares. Ils auraient descendu le trésor par le précipice au moyen de cordes. Au pied de la falaise, des chevaux les attendaient. Ensuite, ils se sont fondus dans la nuit.

Paul Perreault imaginait l'incroyable fuite hors de cette citadelle inexpugnable. Il n'avait qu'à se pencher vers le vide pour avoir le vertige.

— Ils n'avaient pas froid aux yeux !

— C'étaient de solides gaillards. Selon l'histoire officielle, ils auraient traversé tout le pays, jusqu'à la Méditerranée, où ils se seraient embarqués clandestinement pour l'Italie. C'est là que le trésor aurait été caché, puis dilapidé. Mais tout cela est faux. Ils n'ont pas pu aller si loin avec un tel trésor et tout l'attelage nécessaire pour le transporter. C'est impossible.

— Vous croyez qu'ils l'ont caché dans la région ?

— Mettez-vous à leur place ! Leur tête est mise à prix. Une armée est à leurs trousses ! Et ils se seraient promenés avec plusieurs chevaux chargés

85

d'un formidable trésor ? Sans compter les bandits de grand chemin ! Non ! Pas si bêtes. Le trésor, ils l'ont caché dès la première journée pour se donner les coudées franches. Et savez-vous où ils ont passé la nuit du 24 au 25 décembre ?

Paul fit signe que non.

— À trente-trois kilomètres d'ici ! À Espezel !

— C'est donc pour ça que vous croyez que le trésor des Cathares est caché à Espezel ?

— Il y est depuis huit siècles. J'en mettrais ma main au feu.

— Et où l'auraient-ils caché ?

— C'est la grande question. D'après moi, les deux bonshommes n'ont pas osé entrer dans le village. Des villageois auraient pu les signaler aux militaires. Comme c'était l'hiver, ils ont dû se trouver un abri. Et cet abri existe. Connaissez-vous la grotte des fées ?

— Isabelle m'en a parlé.

— Je crois que c'est là qu'ils ont caché le trésor. Cette grotte, je l'ai fouillée de fond en comble. J'ai même utilisé une sorte de radar qui sonde le sol à deux mètres de profondeur. Rien ! Et pourtant, mon instinct me dit que c'est là !

— Et les fées?

— Les fées? Quoi, les fées? Vous vous intéressez aux fées?

— Non! Je trouve juste étonnant cette appellation de «grotte des fées».

— Cela vient d'une très vieille légende. Personne n'en connaît l'origine. D'ailleurs, Espezel possède plusieurs légendes sur les fées.

— Cela cache peut-être quelque chose. On dit souvent que les légendes ont un fond de vérité.

Jean Lacroix haussa les épaules. Il se fichait bien des fées. La seule chose qui l'intéressait, c'était le fameux trésor.

— Et si je vous aidais à prospecter cette grotte une nouvelle fois? proposa Paul.

L'homme d'Espezel sourit.

— Pourquoi pas? Cela fait bien vingt fois que je la fouille. Du reste, au village, on se moque un peu de moi.

— Non?!

— Si, si! Mais rien de bien méchant. C'est pour rigoler. À Espezel, les gens aiment bien s'amuser en prenant un pastis. Au fait, n'avez-vous pas une petite soif?

— Maintenant que vous le dites… je crois qu'une petite bière serait la bienvenue.

Isabelle dormait profondément. Depuis qu'elle était à Espezel, elle fermait les yeux en se couchant et ne les ouvrait qu'au matin. Elle n'avait jamais si bien dormi.

Elle crut entendre son nom.

— Isabelle! C'est Audrey. Isabelle, laisse-moi entrer.

Elle ouvrit les yeux. Elle ne rêvait pas. Quelqu'un cognait à sa porte. La jeune fille se dépêcha d'ouvrir. Audrey entra.

— Tu as le sommeil lourd. Cela fait bien dix minutes que je suis là.

— Excuse-moi! Normalement, je m'éveille pour un rien, mais ici, je dors comme une bûche.

— Mamie aimerait que vous veniez déjeuner. Elle vous a même préparé des boules de picoulat, un plat catalan typique. Ce sont des boulettes de viande. C'est très bon.

— Moi, j'aimerais devenir institutrice, dit Audrey. Je ferai l'école aux petits. J'aime beaucoup les enfants. Et toi, Isabelle?

Les quatre femmes terminaient le dessert. Georgette écoutait poliment, souriait avec mesure et répondait brièvement aux questions. Peu habituée à l'étiquette française, elle craignait de commettre un impair. Au cours du repas, ne sachant laquelle des trois fourchettes utiliser, elle avait sagement attendu avant d'imiter Huguette et Audrey. Isabelle était beaucoup plus candide. Elle avait utilisé la même fourchette durant tout le repas, insouciante du regard critique de la mamie d'Audrey.

— Moi, je veux devenir vétérinaire! J'aimerais pouvoir soigner les licornes malades.

Audrey et sa grand-mère se figèrent. Elles n'étaient pas habituées à ce que l'on parle avec tant d'insouciance de ces créatures fantastiques. Huguette Lacroix posa sa tasse de café sur la table. L'atmosphère changea du tout au tout. Georgette comprit qu'on allait enfin aborder les vraies choses.

— Georgette, hier soir, après votre départ, le cercle a longuement discuté de l'éducation d'Isabelle. Cela nous inquiète.

La jeune Québécoise rougit. Comment les fées pouvaient-elles connaître ses problèmes scolaires ? Elle regarda sa grand-mère et eut un soupçon. Se pouvait-il qu'elle leur ait tout raconté ?

— C'est un souci que je partage, admit Georgette. Isabelle est très intelligente, mais elle n'aime pas l'école. Elle refuse d'étudier.

Huguette Lacroix parut désorientée.

— Mais que me contez-vous là ? Votre petite-fille aurait des problèmes scolaires ?

— Vous ne le saviez pas ? Vous venez de dire que l'éducation d'Isabelle vous inquiétait !

— Je ne songeais pas à l'école.

— Mais à quoi songiez-vous ?

— À son éducation de fée ! Comme vous êtes des fées orphelines, vous n'avez appris ni l'une ni l'autre à utiliser vos pouvoirs. Pour vous, Georgette, il est trop tard. Mais pour Isabelle, il est grand temps qu'elle reçoive une éducation de fée. C'est même très important, car elle est très douée.

— Moi, je suis douée?

— TRÈS douée! confirma Huguette. Tu nous impressionnes énormément. Tu es capable de maîtriser des charmes très compliqués sans avoir rien appris. Te rends-tu compte que certaines fées n'y réussissent pas malgré des années d'études? Tu possèdes un don très rare, unique même. Tu dois absolument recevoir une éducation de fée!

— Sinon? demanda Georgette.

— Ce don ne pourra fleurir. Il va se flétrir, et Isabelle risque de...

Huguette ne savait si elle devait continuer tellement l'éventualité était effrayante.

— Je pourrais devenir une sorcière? devina l'adolescente.

L'aïeule hocha tristement la tête.

— Il faut éviter cela à tout prix. Alors, Isabelle, aimerais-tu recevoir une éducation de fée?

— Bien sûr! Je veux devenir une vraie fée. Que dois-je faire?

— Nous, les fées d'Espezel, sommes prêtes à te prendre sous notre aile. Nous allons te montrer tout ce que nous savons. Dans quelques années, tu seras une grande fée et tu pourras faire énormément de bien autour de toi. Mais, pour cela, il y a une condition.

— Laquelle ?

— Tu dois venir vivre avec nous.

— Pardon ? s'exclama Georgette.

La grand-mère d'Isabelle n'en croyait pas ses oreilles. On voulait lui voler sa petite-fille !

— Isabelle, vivre à Espezel ? Mais c'est impossible. Nous rentrons au Québec dans quelques jours !

— Je vous demande d'y réfléchir. Notre cercle désire l'accueillir dans ses rangs. Elle ne serait plus une fée orpheline. Elle deviendrait une fée d'Espezel. En quelque sorte, nous l'adopterions.

— L'adopter ? Mais elle a déjà un père et une mère. Et je suis sa grand-mère. Isabelle a déjà une famille.

— Nous l'adopterions comme fée, pas comme enfant. Elle deviendrait membre de notre cercle sans cesser d'être votre petite-fille !

Georgette cherchait une idée, une raison de dire non aux fées.

— Et il y a l'école! Isabelle doit aller à l'école. Avec ses résultats, elle ne peut se permettre de manquer les classes.

— Si, comme vous dites, Isabelle connaît des problèmes scolaires, il est essentiel qu'elle demeure avec nous. Nous savons comment y remédier.

La surprise fit s'arrondir les yeux de Georgette.

— Vous voulez dire que vous pourriez résoudre les difficultés scolaires d'Isabelle? Mais personne n'a réussi! Pas même les psychologues!

— Nous savons comment soigner les blessures infligées aux jeunes fées par manque d'amour. Le processus de guérison est très délicat, car ces blessures remontent parfois à la prime enfance, même au berceau.

— Comment savez-vous que j'ai manqué d'amour quand j'étais petite?

— Lorsqu'une fée a des problèmes à l'école, c'est toujours parce qu'elle a manqué d'amour. Tu n'es pas la première à qui cela arrive.

Isabelle ne savait plus quoi penser. Audrey lui serra la main.

— Isabelle! Dis oui! Nous irons à l'école ensemble.

— Un instant! intervint avec vigueur madame Perreault. Isabelle est mineure. Ce sont ses parents qui doivent prendre cette décision. Pas elle! Et je suis certaine qu'ils diront non! Ils ne voudront pas qu'Isabelle vive loin d'eux.

Isabelle songea à ses parents. Ni sa mère ni son père ne voulaient d'elle. La jeune fille n'avait aucune idée de l'endroit où elle allait demeurer à son retour au Québec. Et voilà qu'on lui offrait un gîte où elle pourrait apprendre à devenir une fée, un gîte où elle se sentait si bien. On allait même guérir les blessures de son enfance. Comment dire non à une telle proposition?

— Alors, Isabelle? demanda Audrey.

— Je dois réfléchir. Tout cela est si soudain. Je veux en discuter avec mamie. Et puis, je dois obtenir l'accord de mes parents.

Georgette sourit. «Ah, la bonne fille!» songea-t-elle.

— Dans ce cas, nous attendrons votre réponse, dit Huguette Lacroix.

Un bruit de galopade leur parvint.

— Oh! Que ça sent bon!

Les quatre fées se retournèrent. Une tête surgit à la fenêtre. C'était Denis. Isabelle rougit. Avec son sourire, il était craquant.

— Mamie, dit Denis, vous avez fait de la crème catalane en l'honneur des Québécoises! Puis-je y goûter?

— Denis, je t'ai déjà dit de ne pas regarder par la fenêtre. C'est extrêmement impoli. Quant à la crème, tu peux venir en déguster. Il en reste.

Denis enjamba le rebord de la fenêtre et se retrouva dans la cuisine.

— On ne t'a jamais appris à utiliser une porte?

— Voyons, mamie! Je suis pressé. Je dois rejoindre papi à la grotte.

— Jeannot est encore à la grotte? Mais quand va-t-il cesser de chercher ce trésor?

— Il y est avec le Québécois, le grand chasseur d'orignal.

— Paul? Mon mari?

— Ils veulent fouiller la grotte une autre fois.

Lorsqu'il eut fini de nettoyer le plat de crème catalane, il se leva et fit une courte révérence.

— Mesdames, damoiselle Audrey et belle Isabelle, soyez saluées!

Et il repartit par la fenêtre comme un tourbillon.

— Pourquoi appelle-t-il ta grand-mère, mamie? demanda Isabelle à Audrey.

— D'aussi loin que je me souvienne, il m'a toujours appelée ainsi, répondit madame Lacroix. Et mon mari, il l'appelle papi. Nous ne sommes pas parents, mais c'est notre petit-fils de cœur. Ah! ce Denis! Chaque été, sa famille vient passer les vacances à Espezel. Il est toujours rendu chez nous.

— Il débarque souvent ainsi à l'improviste, ajouta Audrey. Il a découvert de nombreuses fois que nous étions des fées, mais, grâce au charme d'oubli, il ne se le rappelle jamais.

La conversation se prolongea un peu sur Denis, puis les deux Québécoises prirent congé. En sortant de la maison des Lacroix, elles avaient bien des soucis en tête.

— Mamie!

— Oui, Isabelle?

— Plus j'y réfléchis et plus je crois que j'aimerais demeurer à Espezel.

— Mais, Isabelle, tu n'y penses pas !
Avec des étrangers !

— Ce sont des fées. Je suis une fée.
Ma place est avec les fées. Elles seules
sont capables de me guérir !

— Mais, Isabelle, tu n'es pas malade !

— Mamie, j'ai de la colère en moi !
J'essaie de la retenir, mais parfois elle
est plus forte que tout. Je me fais peur.
Je... Mamie, je ne m'aime pas beaucoup.

— Isabelle !

— C'est vrai. J'ai mauvais caractère.
Je me choque. Ingrid me craint. Mes
parents ne veulent plus de moi. Ce n'est
pas normal. Personne ne m'aime ! Pourquoi ?

— Isabelle !

— Depuis que je suis à Espezel, c'est
facile pour moi d'être gentille. Je dors
bien, je me sens bien. Les gens me sou-
rient. Tout le monde semble m'apprécier.
C'est nouveau pour moi. Mamie, je ne
veux pas perdre cela. Je veux rester à
Espezel. Je veux guérir. Je veux devenir
une vraie fée.

— Mais tes parents ne voudront jamais que tu restes ici.

— Tu te fais des illusions. Il suffit de
leur dire que je poursuis mes études

dans un pensionnat en France. Ils seront bien contents de ne plus m'avoir dans leurs jambes. Plus je serai loin d'eux, plus ils m'apprécieront.

Madame Perreault hocha la tête.

— Isabelle, laisse-moi un peu de temps pour démêler tout ça. Je n'avais jamais cru qu'en retrouvant les fées, je pourrais te perdre.

Paul et Jean descendaient un ravin très escarpé. Paul glissa et se retint en saisissant une branche.

— C'est encore loin?

— Nous arrivons. Il faut contourner ce petit bosquet.

Les hommes se retrouvèrent devant une arche naturelle creusée au sein de la roche.

— C'est la cloche des fées, expliqua Jean.

— La cloche des fées? questionna Paul.

— La légende veut que des cloches sonnent lorsqu'une fée passe sous l'arche.

Paul et Jean passèrent sous l'arche à tour de rôle.

— Aucun son! Vous n'êtes pas une fée! rigola Jean.

Dix mètres plus loin, un trou dissimulé par une saillie de la pierre, leur apparut. On aurait dit l'entrée d'un igloo. Jean alluma une torche électrique et s'accroupit.

— Suivez-moi! Ce boyau donne accès à la grotte.

Paul s'exécuta. Il regrettait d'avoir mis un si beau pantalon. Il entendait déjà les reproches de Georgette lorsqu'elle le verrait maculé de boue. Il rampa pendant quelques minutes.

— Ici, le boyau s'élargit, dit Jean. Nous débouchons sur un embranchement. À droite, il conduit à un cul-de-sac. À gauche, il mène à une grande salle avec un petit lac.

Paul se redressa. La température s'était rafraîchie et l'air devenait humide. Jean prit le couloir de gauche. Rapidement, le faisceau illumina des stalagmites et des stalactites qui dégouttaient.

— Dans notre région, la roche est calcaire et l'eau l'érode facilement. De telles grottes sont courantes. Regardez le plafond, on le distingue à peine, tellement il est haut.

Le faisceau léchait les parois de la grotte.

— C'est grand, dit Paul.

— Le plancher fait près de mille mètres carrés. Comme la voûte s'élève à plus de trente mètres, on appelle cette salle, la…

— … la salle des fées, risqua Paul.

— Non ! La chapelle cathare. Les hérétiques y auraient célébré des messes.

Jean pointa sa lampe sur une dépression au cœur de la pièce.

— Et là, c'est le lac…

— Mais il est vide, constata Paul.

Médusé, Jean n'en croyait pas ses yeux.

— J'avais entendu certains anciens raconter que le lac se vidait parfois, mais c'est la première fois que je le vois à sec. Il doit y avoir un phénomène de siphon qui s'amorce lorsque le lac atteint une certaine hauteur. À ce moment-là, l'eau du lac est complètement aspirée et doit se retrouver dans une autre salle souterraine.

Jean s'avança dans le dépôt de boue calcaire, y dessinant de larges empreintes.

Le faisceau lumineux chercha une ouverture dans le lit du lac. Il éclaira un petit trou.

— Regardez! C'est par là que l'eau a fui. Ce trou fait à peine quinze centimètres de diamètre. Impossible de s'y glisser.

L'ancien vendeur de bois se tourna vers Paul.

— Comprenez-vous ce que cela signifie?

— Que cette salle communique avec une autre salle?

— Cela explique surtout pourquoi je n'ai pu trouver le trésor des Cathares. Les bonshommes l'ont sûrement évacué par ce trou.

Un bruit de pas se fit entendre, puis ils furent aveuglés par un puissant rayon.

— Qui est là? demanda Jean.

— C'est moi, papi, répondit Denis. J'ai une lampe supplémentaire pour Paul. Vous devriez voir vos têtes. On dirait que vous venez de découvrir le trésor.

— C'est presque ça, rétorqua Jean. Tu ne remarques rien d'inhabituel?

— Merde! Où est passée l'eau?

Jean lui expliqua sa nouvelle théorie.

— Il nous faudrait un endoscope, suggéra le garçon. Ainsi, on pourrait voir où mène ce trou.

— Un endoscope? Ce mince tuyau de fibre optique que les médecins utilisent?

— Exactement! On l'utilise aussi en spéléologie lorsqu'on veut explorer de petites ouvertures comme celle-ci.

Paul frissonna. Contrairement à Denis et à Jean qui portaient des vestes, il n'avait qu'une chemise de coton sur le dos. La fraîcheur et l'humidité des lieux lui transperçaient les os.

— J'ai un peu froid, dit-il. Je vais aller me réchauffer à l'extérieur.

— Nous vous rejoignons dans un instant, dit Jean.

Paul s'engagea dans le couloir. Il avait la chair de poule.

Dix minutes plus tard, Denis et Jean quittaient la grotte. Lorsqu'ils se retrouvèrent en plein soleil, ils cherchèrent du regard le Québécois. Il n'était nulle part.

— Il ne nous a pas attendus, dit Denis.

— Pourvu qu'il ne s'égare pas en retournant au village. Ce n'est pas évident lorsqu'on ne connaît pas les lieux.

— Voyons, papi! C'est un Québécois, pas un Parisien. Ses ancêtres étaient des coureurs des bois. Et rappelle-toi ses histoires de chasse! Il est impossible qu'un tel homme se perde.

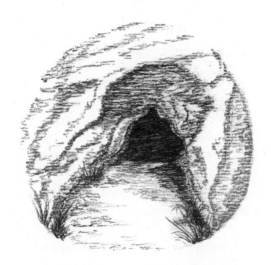

8

Le secret des fées

Après avoir longuement réfléchi dans la solitude de sa chambre, Isabelle avait quitté l'hôtel. Audrey l'attendait sous un platane.

— Alors ? demanda Audrey.

— Mamie hésite beaucoup.

— Je la comprends. C'est une grave décision.

Les deux adolescentes gardèrent le silence quelques instants, puis :

— Audrey, désirez-vous vraiment que je reste à Espezel.

— Oui! Nous espérons toutes que tu restes.

— Pourquoi?

— Tu es une fée. Tu es comme nous et nous voulons ton bonheur!

— Mon bonheur?

— La loi première des fées, c'est de faire le bonheur autour d'elles.

— C'est tout?

— C'est déjà beaucoup. Mais nous avons une autre raison. Tu as un grand pouvoir. En t'accueillant parmi nous, nous serons plus fortes. Nous pourrons faire encore plus de bien autour de nous. Mais, pour cela, tu dois absolument recevoir une éducation de fée. Sinon, tu...

— Je sais... je risque de devenir une sorcière. On me l'a souvent dit.

— Sais-tu pourquoi c'est si terrible d'être une sorcière?

— Elles sont méchantes? Elles font du mal autour d'elles?

— Non! Elles sont surtout très malheureuses!

Isabelle réfléchit longuement aux propos d'Audrey. Jamais on ne lui avait parlé ainsi.

— Si nous allions à la grotte surprendre nos papis? proposa Audrey pour détendre l'atmosphère.

— Oh oui! Quelle bonne idée! J'ai hâte de voir cette grotte des fées.

Elles se mirent en route. Sur le sentier, elles rencontrèrent Denis et Jean.

— Bonjour! Avez-vous croisé Paul? demanda Denis.

— Il n'est pas avec vous? demanda Isabelle.

— Il a quitté la grotte un peu avant nous. Pourvu qu'il ne se soit pas égaré en direction de Mazuby ou de Galinagues, dit Jean en désignant de la main les deux villages visibles au loin.

— Papi a un très bon sens de l'orientation. Il ne s'est encore jamais perdu. Ce serait surprenant que ça lui arrive ici. Il y a plein de repères faciles à mémoriser.

— Dans ce cas, il doit être au village.

Les hommes s'éloignèrent pendant que les adolescentes continuaient leur descente vers la grotte. Audrey leur avait emprunté une lampe. Elles arrivèrent en vue de la cloche des fées, cette arche creusée dans la roche.

— Il faut passer à côté, dit Audrey.

— Pourquoi ? C'est plus simple de passer dessous.

— Lorsqu'une fée traverse l'arche, une cloche sonne. Seules les fées peuvent l'entendre. C'est un très ancien charme. Si nous faisons sonner la cloche, nous appelons toutes les fées du village. Mieux vaut ne pas les déranger inutilement.

Les jeunes fées contournèrent l'arche. Dix mètres plus loin, devant un trou, Audrey s'accroupit.

— Suis-moi, Isabelle. C'est l'entrée de la grotte.

— Je n'y vois rien !

Audrey alluma la lampe. Les deux adolescentes rampèrent jusqu'au couloir et se redressèrent. Audrey entraîna son amie et éclaira les concrétions calcaires de la chapelle cathare. Isabelle était admirative. La lumière se promena sur les parois et se fixa au centre de la grande salle. On pouvait y voir des empreintes récentes.

— Mon dieu ! s'exclama Audrey. Le lac s'est vidé de son eau.

— Il y avait un lac ?

— Oui ! Je ne l'ai jamais vu vide. Mamie non plus. Ce phénomène arrive très rarement. Même pas une fois par siècle.

Audrey songea à la disparition de Paul Perreault. Elle eut comme un pressentiment.

— Oh non ! dit-elle. Ton grand-père a probablement trouvé le passage secret.

— Le quoi ?

— Le passage secret ! Lorsque le lac se vide, un passage secret s'ouvre.

— De quoi parles-tu ?

— Viens, je vais te montrer.

Elles reprirent le couloir en sens inverse et aboutirent rapidement au cul-de-sac. Audrey éclaira le sol. Des pas se dirigeaient vers la paroi rocheuse qui bloquait la galerie et s'y arrêtaient.

— Ton grand-père est de l'autre côté. La porte s'est refermée après son passage.

— Tu veux dire que papi est prisonnier ?

— Oui !

Audrey prit une roche qui traînait sur le sol et frappa le mur. Elle attendit un peu, collant son oreille sur la pierre. Puis elle recommença.

— Il ne répond pas, dit-elle. Mais il est là. Il faut absolument le libérer avant qu'elles ne le trouvent.

— Elles ? De qui parles-tu ? Mon grand-père est en danger ?

Audrey ne savait plus quoi faire. Elle en avait déjà beaucoup trop dit.

— Isabelle, tout ça, ce sont des secrets. Nous t'aurions tout révélé lors de ton initiation.

— Mais de quoi parles-tu ?

— Isabelle, promets-moi que tu ne diras rien à personne. Même pas à ta grand-mère.

— Je promets.

— Je vais te dévoiler le secret de notre cercle, le secret des fées d'Espezel.

Audrey prit une profonde inspiration.

— Isabelle, le trésor des Cathares n'est pas une légende. Il existe vraiment. Nous, les fées d'Espezel, en sommes les gardiennes depuis près de huit siècles, depuis le jour de Noël de l'an de grâce 1243.

— Quoi ? Le trésor que cherche ton grand-père, tu sais où il se trouve ?

— Oui ! Ce passage secret mène au trésor. Je vais essayer de l'ouvrir.

Audrey se concentra de toutes ses forces. La roche resta immobile.

— D'ordinaire, dit-elle, plusieurs fées conjuguent leurs efforts pour l'ouvrir. Seule, j'en suis incapable. C'est fâcheux. On doit appeler d'autres fées à l'aide.

— Laisse-moi essayer, dit Isabelle. Que dois-je faire?

Audrey lui enseigna le charme d'ouverture.

— Très bien, dit Isabelle. J'essaie.

Elle croisa ses bras et se concentra. La paroi rocheuse s'ébranla aussitôt et s'ouvrit rapidement. L'ouverture était telle qu'une automobile aurait pu y passer.

— Ce n'est pas si difficile, dit Isabelle.

Jamais les fées d'Espezel n'avaient réussi à ouvrir complètement le passage. Même en conjuguant leurs efforts, la roche glissait si lentement qu'elles devaient se contenter d'un passage à peine assez grand pour s'y glisser. Audrey était stupéfaite.

— Alors, nous y allons? demanda Isabelle.

Les deux filles franchirent la porte.

— Oh non! dit Audrey.

— Quoi?

Le faisceau lumineux éclairait des traces boueuses qui s'éloignaient de plus en plus.

— Si, au moins, ton grand-père était demeuré près de la porte.

— Pourquoi? Crains-tu qu'il découvre le trésor?

— Non! Il y a pire, bien pire.

— Quoi donc?

— Isabelle, je ne t'ai pas tout dit. Nous ne sommes pas les seules gardiennes du trésor.

— Il y a d'autres fées?

Audrey soupira. Au point où elle en était rendue, autant tout lui révéler. De toute façon, Isabelle l'apprendrait tôt ou tard.

— Non, dit-elle, les autres gardiennes du trésor cathare, ce sont les licornes noires.

— Les licornes noires! Il y a des licornes à Espezel?

— Depuis toujours! Le sous-sol du pays est un vrai gruyère. Les licornes noires vivent dans un vaste réseau de grottes. Un monde souterrain qui couvre des centaines de kilomètres. Il y a des lacs, des rivières. Lorsque les spéléologues explorent ce monde souterrain, les licornes se font discrètes. Sinon, c'est leur royaume. C'est là qu'est caché le fameux trésor. Ton grand-père court un grand danger. Pour protéger le trésor, les licornes ont déjà tué.

— Mon Dieu!

— À vrai dire, nous les redoutons un peu. Elles nous manquent parfois de respect.

Isabelle eut soudain une illumination. C'était donc ça qui clochait! Les fées d'Espezel avaient peur des licornes noires!

Paul n'avait pas vu le boyau de sortie qui s'ouvrait au ras du sol. Il était passé tout droit. Rapidement, il comprit qu'il était allé trop loin. Pourtant, la galerie continuait à perte de vue. Jean lui avait bien dit que cette galerie n'allait nulle part, qu'elle se terminait en cul-de-sac. Pourquoi lui avait-il menti? Paul décida de revenir sur ses pas en faisant bien attention de ne pas manquer la sortie cette fois. Et c'est là, à la lueur blafarde de sa lampe, qu'il eut la surprise de voir le mur de pierre se refermer, lui bloquant le passage.

Il attendit un peu, espérant voir apparaître Jean et Denis, fiers de lui avoir joué un bon tour. Mais rien ne se passait. Alors, un peu nerveux, il décida d'explorer les lieux. Lorsqu'il découvrit un squelette sur une pierre, il comprit que la situation était sérieuse. Il devait absolument trouver une issue.

La longue galerie qu'il suivait descendait continuellement. Elle débouchait sur une salle immense, ornée de milliers de concrétions plus extraordinaires les unes que les autres. Un spectacle fascinant où se mélangeaient le pourpre, le blanc, le noir et l'or. L'eau dégouttait de partout, créant des mares au sol. Il crut entendre des pas. Aussitôt, il éteignit sa lampe et se dissimula dans une légère faille. Les pas se précisèrent. Paul se fit tout petit. Pourvu que ce soient Jean et Denis !

Il entendit d'autres pas. En fait, c'était plutôt un bruit de sabots contre la pierre. Paul était intrigué. Des chevaux sous terre ?

Une lumière vacillait en approchant de lui. Paul reconnut Isabelle et Audrey.

Que faisaient-elles là? Où étaient Jean et Denis? Audrey se figea et éteignit précipitamment sa lampe. Il entendit distinctement le bruit des sabots traverser la salle et s'éloigner doucement. Lorsque le bruit s'estompa, la lampe des filles se ralluma. Elles semblaient chercher quelqu'un ou quelque chose. Paul sortit de sa cachette.

— Isabelle, Audrey! Que faites-vous ici?

— Monsieur Perreault! Je n'ai pas le temps de vous expliquer. Vite, suivez-nous! C'est très dangereux ici.

— Oui, papi, il faut quitter cet endroit, tout de suite.

Paul ne perdit pas de temps en vaines questions. Il suivit docilement les adolescentes. Celles-ci remontèrent le couloir en courant. Tout en haut, la roche s'était refermée.

— Oh non! dit Audrey.

Isabelle fronça les sourcils et le passage s'ouvrit pleine largeur. Le trio s'engouffra dans l'ouverture.

Lorsqu'ils se retrouvèrent enfin à l'air libre, ils purent souffler un peu. Paul était en sueur. Monter une pente à la course, puis se traîner au sol sur une dizaine de mètres, toute cette gymnastique n'était plus de son âge.

— Je pense, dit-il en reprenant son souffle, que je vous dois une fière chandelle. J'ai la nette impression que je me suis fourré là où il ne fallait pas.

— Tu ne te trompes pas, papi.

— Alors, expliquez-moi! Où mène cette galerie secrète et pourquoi aviez-vous si peur d'un cheval? Et que faisait sous terre cet animal?

Isabelle pencha la tête. Elle ne pouvait rien dire. Paul n'était pas une fée. Audrey ne répondit pas davantage. Elle devait maintenant utiliser un charme d'oubli.

— Tu ne te sens pas bien? demanda Paul qui trouvait qu'Audrey avait pâli.

Que se passait-il? Le charme ne fonctionnait pas. Elle recommença de nouveau. Aucun effet! Paul résistait au charme d'oubli.

— M. Perreault, promettez-moi de ne rien dire, je vous en conjure.

Il y avait une telle angoisse dans sa voix que Paul ne put qu'accepter.

— Je ne dirai rien, mais vous me devez une explication.

— Pas maintenant, le supplia Audrey.

— Ce soir, proposa Isabelle.

— Très bien ! D'ici là, je ne dirai pas un seul mot. Vous avez la parole de Paul Perreault.

Sur le chemin du retour, Audrey, Isabelle et Paul rencontrèrent Denis et Jean qui rebroussaient chemin vers la grotte.

— Le voilà ! s'écria Denis. Les filles l'ont trouvé. Où étiez-vous passé ?

— Monsieur Perreault s'était égaré en direction du Rebenty, expliqua Audrey.

Égaré ! Quel affront ! Lui dont le sens de l'orientation ne l'avait jamais trompé ! Mais il devait accepter l'injure. Il avait promis de ne rien dire.

— Probablement que vous cherchiez un orignal, blagua Denis.

— Les forêts québécoises seraient-elles plus petites que les estives du pays de Sault ? plaisanta Jean.

Paul Perreault ne put que rire jaune.

— Eh oui, je me suis « écarté », admit-il pour la forme. Cela arrive aux meilleurs.

— Il s'est « écarté », s'amusa Denis. Les Québécois ne s'égarent pas, ils « s'écartent ».

Malgré son amour profond pour la France, Paul Perreault éprouva, à cet instant précis, l'envie irrésistible d'étrangler un Français.

9

Ophessault met cartes sur table

— ... **E**t le pire, docteur Ophessault, c'est qu'Isabelle veut rester à Espezel! Je ne sais plus quoi faire.

Georgette Perreault était venue se confier au savant.

— Vous n'aimerez pas mon conseil.

— Ne me dites pas que vous...

— Oui! Je crois qu'Isabelle doit rester à Espezel. Ici, son don pourra s'épanouir en toute sûreté, sous l'œil avisé de fées expertes. On ne peut rêver mieux pour Isabelle.

Georgette était catastrophée.

— Mais ce n'est qu'une enfant !

— Elle a treize ans. Des tas de jeunes filles sont en pension à cet âge, loin de leur famille. Cessez de la voir comme une gamine.

Georgette baissa la tête.

— Docteur, je suis déchirée. Mon cœur de grand-mère se refuse à la laisser ici, mais ma raison me pousse à le faire : Isabelle serait mieux à Espezel qu'à Montréal. Là-bas, elle n'est pas heureuse. Savez-vous ce qu'elle m'a dit ?

— Non.

— Qu'elle voulait guérir de sa colère ! Une fille de treize ans ! Elle ne m'avait jamais rien dit de tel. Mais où va-t-elle chercher de telles idées ?

— Georgette, le bonheur d'Isabelle passe par Espezel. Nous serions irresponsables de le lui refuser.

— Mais la décision ne nous appartient pas. C'est la responsabilité de ses parents.

— Voulez-vous que j'appelle François ?

— Docteur, il est strictement défendu de lui révéler qu'il y a des fées à Espezel ! Elles ne nous le pardonneraient pas. Que vous le sachiez cause déjà beaucoup de remous !

— Elles refusent toujours de me rencontrer ?

— Je n'ai pas osé le leur redemander, mais cela m'étonnerait qu'elles aient changé d'avis.

— Dans ce cas, je me passerai de leur accord.

Il était presque vingt heures. Paul sirotait un verre au bar. À travers, la fenêtre, il vit Isabelle et Audrey lui faire signe. Il allait enfin avoir droit à son explication. Il sortit les rejoindre.

— Nous allons chez moi, lui dit Audrey. Mamie va tout vous expliquer.

Paul Perreault sourit. Il aimait le climat de mystère qui planait tout à coup sur Espezel.

En entrant dans le vaste salon, Paul sut qu'il avait mis le doigt sur quelque chose de très sérieux. Une dizaine de femmes au sourire discret l'attendaient. On referma la porte derrière lui. Après les salutations d'usage, on lui offrit un siège.

— Monsieur Perreault, que savez-vous au juste ? demanda la mamie d'Audrey.

— Pas grand-chose. Je sais qu'il existe un passage secret et qu'il y a des chevaux qui vivent sous terre.

Les fées sourirent. Le brave homme ne se doutait de rien. Paul regarda toutes ces femmes qui le fixaient avec amusement et songea aux histoires de fées qui couraient dans la région.

— Mais, bien sûr ! s'exclama-t-il. La grotte des fées ! La cloche des fées ! Vous êtes des fées ! Les fées d'Espezel !

Il se tourna vers sa petite-fille.

— Et toi, bien entendu, tu es de mèche avec elles et tu ne disais rien. Est-ce que Georgette et Ophessault sont au courant ?

Isabelle garda le silence.

— Et, continua Paul pour qui tout devenait clair, là où il y a des fées, les licornes ne sont jamais loin. Les chevaux qui vivent dans les grottes, ce sont donc des licornes.

Les fées se crispèrent sur leurs chaises. Paul comprit qu'il avait visé juste.

— Et le trésor des Cathares ! Je suis convaincu que vous savez où il se trouve.

Plusieurs fées ravalèrent leur salive. Jamais un humain n'en avait deviné autant à partir de si peu. Il était urgent de tout lui faire oublier. Cinq d'entre elles se levèrent et l'entourèrent.

— Que faites-vous ? Que me voulez-vous ? Isabelle, dis-leur de me laisser tranquille.

— Papi, c'est pour ton bien. C'est un secret. Il ne faut pas que tu le connaisses. Elles vont te faire oublier.

— Mais je ne veux pas oublier ! Je vis très bien en sachant tout cela. On ne manipule pas ainsi Paul Perreault.

Il voulut se lever, mais ses muscles refusèrent d'obéir.

— Que m'arrive-t-il ?

Les cinq fées placèrent leurs mains sur sa tête pendant quelques secondes, puis retournèrent s'asseoir. Paul Perreault regarda les charmantes dames qui lui faisaient face. Que faisait-il là ? Il était venu prendre le thé. C'est ça, le thé. Et maintenant, il devait partir. Il était fatigué, très fatigué. Il se leva et quitta la maison sans autre cérémonie. Sur le chemin de l'hôtel, il croisa sa femme et Eugène Ophessault. Il ne les salua même pas. Il était si fatigué.

— Mais, Paul, où vas-tu ?

— Me coucher !

— Il a dû avoir une dure journée, dit Ophessault. Venez, Georgette.

Comme les fées ne voulaient pas venir à Eugène Ophessault, c'est Eugène Ophessault qui allait aux fées !

Audrey se tourna vers Isabelle.

— Tu vois, Isabelle, cela n'avait rien de douloureux.

— Et il ne se rappellera de rien ?

— De rien ! confirma Huguette. Nous avons cependant dû utiliser un charme assez puissant. Bizarrement, ton grand-père profitait d'une protection contre les charmes habituels. En connaîtrais-tu l'origine ?

— Vous me l'apprenez. Chose certaine, cela ne vient ni de moi ni de mamie !

Les fées n'étaient pas convaincues. Isabelle était si maladroite avec les charmes qu'elle avait bien pu protéger son grand-père sans s'en apercevoir. Il était grand temps que cette jeune recrue apprenne à maîtriser ses pouvoirs.

On cogna à la porte. Huguette alla répondre. Elle n'attendait personne.

— Bonjour, madame!

Eugène Ophessault, l'unique Prix Nobel québécois, se trouvait devant elle. Lui aussi en savait trop! Le savant salua les dames et prit le siège qu'avait occupé Paul Perreault un instant plus tôt. Georgette s'assit à ses côtés. Elle fut étonnée de voir Isabelle, mais ne fit aucun commentaire.

— Mesdames, entreprit Ophessault, pardonnez mon intrusion, mais je devais vous rencontrer.

— Que savez-vous au juste? demanda Huguette à brûle-pourpoint.

L'audace du savant la contrariait, et elle n'avait aucunement l'intention de lui faire des gentillesses. Les autres fées partageaient son humeur.

— Je sais que vous êtes des fées! Je sais aussi que vous aimeriez qu'Isabelle reste à Espezel.

— C'est tout ? Vous ne savez rien d'autre ?

— Je me pose bien des questions sur la raison de votre présence à Espezel, mais je n'ai pas de réponse. Je voudrais vous entretenir de la grande société des fées.

— Monsieur Ophessault, vous n'êtes pas le bienvenu ici. Vous savez des choses que seules les fées doivent savoir ! Georgette nous a appris que votre mère était une fée et que même les licornes blanches vous ont accordé leur confiance. Mais cela ne peut justifier que vous connaissiez notre existence. Que vous le sachiez met notre survie en jeu ! Nous ne pouvons le tolérer.

Elle fit un geste. Cinq fées se levèrent et entourèrent Eugène Ophessault.

— À votre place, je ne ferais pas ça, dit le savant.

— Quoi donc ?

— Le charme d'oubli. Le secret de votre existence n'est nullement en danger avec moi. Je ne suis pas votre ennemi. Au contraire, je suis votre plus grand allié. J'aimerais vous en convaincre.

Dix mains se posèrent sur la tête d'Ophessault. Celui-ci eut un sourire triste.

— Je vous en prie, prenez d'abord le temps de m'entendre.

La décision des fées était prise. Ophessault devait tout oublier. Les cinq femmes jetèrent le charme. Il y eut comme une décharge électrique, et elles furent projetées à terre. Un peu hagardes, les fées se relevèrent, les cheveux dressés sur la tête. Audrey était stupéfaite.

— Mais que s'est-il passé? demanda Isabelle.

Avec son grand-père rien de tel ne s'était produit. Les fées essayèrent de ramener leurs cheveux, mais ils se redressèrent aussitôt. Elles avaient l'air ridicule.

— Maintenant, dit Ophessault, pouvons-nous discuter ?

— Comment avez-vous fait ? demanda Huguette.

— Je n'ai rien fait. Georgette et Isabelle ont pourtant dû vous dire que les licornes ne m'ont pas accordé leur confiance sur parole. Elles m'ont fait subir le test de vérité.

Isabelle et Georgette se regardèrent. Elles avaient eu tant de choses à raconter qu'elles avaient omis ce détail. La mine étonnée des fées éclaira Ophessault.

— Vous ne le saviez pas ! Pourtant, j'avais bien recommandé à Georgette de dire toute la vérité ! Depuis cette épreuve, je suis sous la protection des licornes. Je suis immunisé contre les charmes.

— Mais, balbutia Huguette, c'est impossible que vous ayez survécu au test de vérité. Aucun humain n'a…

— Je suis un sorcier-fée ! Ne l'oubliez pas.

Il y eut un silence pesant.

— Docteur Ophessault, je dois me concerter avec mes sœurs.

Le groupe de femmes quitta le salon pour la cuisine. Elles se mirent à parler dans une langue inconnue d'Isabelle et de Georgette.

— C'est du catalan, dit Ophessault. Une langue que l'on parlait autrefois dans la région.

Dix minutes passèrent. Puis les fées reprirent leur siège en affichant un air grave. Le moment était solennel !

— Docteur, le fait que vous ayez survécu au test de vérité prouve, sans conteste possible, votre bonne foi. Nous voulons bien vous écouter, mais nous y mettons une condition. Que vous promettiez de garder le secret sur tout ce que nous dirons.

— Même devant les licornes ? demanda Ophessault.

— Sauf les licornes, bien sûr ! Ce serait trahir leur confiance.

— Alors, je promets !

— Dans ce cas, nous vous écoutons.

Le regard d'Ophessault allait d'un visage à l'autre. Qui aurait pu deviner que ces villageoises détenaient des secrets millénaires ? Elles avaient l'air si ordinaires.

— Premièrement, dit-il, j'aimerais parler d'Isabelle.

Isabelle fut aussitôt sur ses gardes.

— Si Isabelle le désire, elle pourra rester à Espezel.

L'adolescente se figea. Elle ne s'attendait pas du tout à ce qu'on lui permette de rester.

— C'est vrai? Je pourrai rester ici? Vous avez parlé à mes parents?

Georgette approuva gravement. Cela ne lui faisait pas plaisir, mais Ophessault avait obtenu l'aval de François et de Louise. Il avait inventé une histoire de pensionnat pour jeunes filles, une école réputée pour les adolescentes difficiles. Ils avaient accepté sans poser trop de questions, se fiant au bon jugement de Georgette et d'Ophessault.

— C'est vrai, mamie? Je peux demeurer ici?

— Oui! Mais je viendrai te voir, même si je dois prendre l'avion. Et je te téléphonerai toutes les semaines.

Isabelle sourit à Audrey. Elles iraient à l'école ensemble, vivraient sous le même toit. Elle recevrait une éducation de fée.

— Nous en sommes très heureuses, se réjouit Huguette. C'est la meilleure solution pour votre petite-fille. Georgette,

132

soyez assurée que nous en prendrons le plus grand soin. C'est une fée exceptionnelle. Et vous serez toujours la bienvenue parmi nous.

— Merci, mais cela me fait quelque chose de vous la confier. Elle est si jeune.

— Mamie, j'ai treize ans. Bientôt quatorze.

— Je sais, je sais, mais...

— Ne sois pas triste. Je ne te quitte pas pour toujours. Et puis, même au Québec, nous passions parfois des mois sans nous voir.

— Je sais... Mais c'est plus fort que moi.

Ophessault laissa à Georgette le temps d'essuyer ses larmes. Puis il poursuivit :

— Parlons maintenant de la grande société des fées. Avant de mourir, ma mère m'a fait promettre de tout tenter pour la faire revivre. Avec votre aide, je compte y parvenir.

— C'est un vieux rêve ! dit Huguette. Pour cela, il faudrait que nous soyons plus nombreuses.

— Mais il y a sûrement d'autres fées orphelines ou d'autres cercles qui ont survécu.

— Des fées orphelines... peut-être.
Mais des cercles, ce serait très étonnant.
Nous avons fait des recherches. Et partout où des cercles avaient existé, il n'y avait plus aucune trace des fées. Une légende ici et là. Rien d'autre.

— Mais vous existez. Vous êtes une bonne trentaine.

— Nous formons un bien petit cercle et nous n'avons jamais eu de grandes ambitions sinon celle de faire le bonheur autour de nous. Contrairement à certains cercles disparus, nous n'avons jamais voulu travailler au bonheur de l'humanité.

— Et pourquoi?

— Tout d'abord, nous ne sommes pas assez puissantes. Et puis, toutes celles qui ont essayé l'ont payé de leur vie. Prenez les fées cathares! Elles étaient très puissantes et elles ont voulu réunir les humains au sein d'une religion d'amour et de simplicité. Que reste-t-il d'elles? Des châteaux en ruine!

— Vous voulez dire que les Cathares étaient gouvernés par des fées? s'étonna Ophessault.

— Oui! Les fées... les parfées... les parfaites! C'est ainsi qu'elles se faisaient appeler. Les parfaites! Elles ne s'en cachaient pas. Elles n'étaient pas très modestes, contrairement à nous. Nous sommes plus sages, plus effacées, plus secrètes. Et, grâce à notre prudence, nous sommes toujours vivantes!

— Alors, mon rêve de ressusciter la grande société des fées?

— C'est un joli rêve, mais c'est un rêve. Si vous trouvez d'autres fées orphelines, nous sommes prêtes à les recevoir. Peut-être qu'en devenant plus nombreuses, notre aura débordera Espezel. Mais cela prendra beaucoup de temps.

De tels propos firent réfléchir Ophessault. La grande société des fées qu'il voulait recréer n'était pas pour demain. Même si le cercle d'Espezel agrandissait peu à peu son champ d'influence, cela prendrait des siècles et des siècles.

— Et les licornes! dit-il. Elles aimeraient beaucoup vous rencontrer.

Le savant sentit comme une hésitation chez les fées. Isabelle perçut plutôt de la crainte. Elle songea aux licornes noires qui patrouillaient sous terre.

— Pour cela, dit Huguette, nous devrons nous rendre au Québec. C'est un long voyage. Nous y songerons. Peut-être pourrons-nous y aller avec Isabelle lorsqu'elle sera devenue une fée accomplie ?

— Combien de temps cela prendra-t-il ? s'informa Georgette.

— Isabelle est très douée. Dans trois ou quatre ans, elle sera sûrement une fée experte.

— Tant que ça ! s'exclama Georgette.

— C'est un minimum. Un immense travail l'attend !

Habituellement, lorsqu'on parlait de travail, Isabelle soupirait de désespoir. Elle détestait faire des efforts. Mais là, à sa grande surprise, elle était excitée. Elle avait hâte de commencer.

10

Au revoir, Isabelle !

Audrey et Isabelle étaient assises à l'ombre d'un grand sapin. À l'horizon, les cimes des Pyrénées se découpaient sur le ciel clair. Isabelle était tellement heureuse de demeurer à Espezel. Les deux adolescentes avaient longuement parlé. Elles s'étaient raconté leur vie.

Audrey avait été choyée dès sa naissance. Ses parents l'adoraient et sa grand-mère l'idolâtrait. Les gens d'Espezel l'appréciaient grandement et, à l'école, tous ses camarades voulaient faire équipe avec elle. Elle avait toujours été entourée d'amour.

— Ce n'est pas comme moi.

— Pourquoi dis-tu cela? Ta grand-mère t'aime beaucoup.

— Heureusement que j'ai mes grands-parents. Ils sont les seuls à me dire des choses gentilles.

Et Audrey écouta, incrédule, l'histoire d'Isabelle. Lorsque l'adolescente eut fini, Audrey la serra contre elle.

— Isabelle, il faut que tu oublies tout ça. Tu es une fée. Ton passé est derrière toi. Ton avenir sera beaucoup plus heureux. Crois-moi. Si tu veux, je serai ton amie.

— Mon amie! N'es-tu pas déjà mon amie?

— Oui! Mais je parle d'une amie pour la vie. Une amie qui ne te laissera jamais tomber. La vie est toujours plus belle lorsqu'on a une amie.

— Et tu ne raconteras pas aux autres ce que je te dis?

— Jamais de la vie! Ce sont des confidences, des secrets.

— Et si je me fâche ? Tu me pardonneras ?

— Isabelle, tu es si gentille. Pourquoi te fâcherais-tu ?

— Ici, il est facile d'être gentille. Mais j'ai peur que mon mauvais caractère finisse par prendre le dessus.

— Isabelle ! Nous allons t'aider. Tu verras. Tout va bien aller.

— Même à l'école ?

— Bien sûr ! Avec ton talent, je suis certaine que tu seras une première de classe.

— Moi ? Une première de classe ? Je n'en demande pas tant. Si je pouvais seulement réussir les cours, je serais bien contente.

— Tu seras comme une sœur pour moi. Tu verras, tout va s'arranger. À partir de maintenant, ta vie sera belle.

Les deux adolescentes s'étreignirent. Isabelle se sentait si heureuse.

— Dis-moi, Audrey, Denis est ton amoureux ?

— Denis ? Jamais de la vie ! C'est un grand frère pour moi.

— Mais alors, pourquoi vient-il toujours te voir ?

Depuis deux jours, Denis tournait constamment autour d'Audrey. D'ailleurs, il devait être quelque part en train de la chercher.

— Tu n'as rien remarqué? Ce n'est pas moi qu'il vient voir. C'est toi. Comme nous sommes toujours ensemble, c'est son prétexte pour te parler. Tu n'as pas vu comment il te dévore des yeux?

Isabelle rougit. Lorsque Denis était là, elle sentait un délicieux picotement lui chatouiller l'estomac. Elle aimait l'entendre rire et elle aurait pu l'écouter pendant des heures. Il avait des idées sur tout. Elle voyait bien, cependant, qu'il n'était pas très à l'aise avec elle. Il était nerveux et rougissait facilement.

— Tu n'as pas remarqué comme il est parfois maladroit quand tu es là?

— Il n'est pas toujours ainsi?

— Oh non! D'après moi, il est amoureux.

— De moi?

— Bien sûr! Tu es si jolie. Il est sous le charme.

— Crois-tu que je lui ai encore jeté un sort sans le savoir?

— Non! Mamie a vérifié. Il n'y a aucun sortilège. C'est tout ce qu'il y a de plus naturel.

Isabelle se leva. Elle ne savait trop que penser.

— Ah! C'est là que vous vous cachez! Je vous cherchais.

C'était Denis. Il souriait en balançant les bras, d'un air un peu niais.

— Si on allait jouer au tennis?

— Moi, je ne pourrai pas, dit Audrey. Je dois aider mamie. Ce soir, nous recevons un invité important. Papi a invité le docteur Eugène Ophessault.

— Et toi, Isabelle?

— Moi? Mais je n'ai jamais joué au tennis.

— Je vais te montrer.

— Je n'ai pas de raquette.

— Je t'en passerai une. J'en ai plusieurs.

— Va avec Denis, dit Audrey. On se verra tout à l'heure.

Quelques instants plus tard, le rire cristallin d'Isabelle s'éleva au-dessus des branches de sapins qui bordaient le court de tennis.

Georgette Perreault bouclait ses bagages. Ils quittaient Espezel pour Toulouse. L'avion décollait en début d'après-midi. Le docteur avait déjà chargé ses effets dans l'auto. Paul saisit les deux grosses valises.

— Paul?

— Oui.

— Est-ce que nous faisons bien de laisser Isabelle ici?

Pour expliquer à son mari l'étrange décision de confier leur petite-fille à des inconnus, Georgette avait fait fi de l'interdiction des fées. Elle lui avait tout révélé. Des fées à Espezel! Paul avait refusé d'y croire. Quelque chose dans son cerveau se révoltait contre cette idée.

— Mais puisque je te le dis, avait insisté Georgette. Il y a des fées à Espezel. Tu es bien dur de «comprenure».

Paul avait eu encore plus de difficulté à accepter d'abandonner Isabelle aux fées. Mais il avait bien vu le bonheur d'Isabelle depuis qu'elle vivait à Espezel. Elle ne se fâchait plus. Elle riait. Ce n'était plus l'Isabelle irascible et renfrognée qui s'enfermait si souvent dans sa chambre.

— Je crois que nous agissons pour son bien, la rassura Paul. C'est ce qu'elle désire. Et elle sera entre bonnes mains. Puis le téléphone existe. Sans compter que la France n'est qu'à six heures d'avion.

— Tu crois vraiment que nous agissons pour son bien ?

— Oui ! As-tu vu son sourire ? Un tel sourire ne peut mentir. Sa place est ici, à Espezel, parmi les fées.

— Et nous ?

— Nous ? Nous aurons un excellent prétexte pour revenir en France. Allez ! Viens ! Le docteur nous attend.

Un petit attroupement s'était formé autour d'Eugène Ophessault. Sa renommée avait vite fait le tour du village. Même Jean Lacroix, l'ami de Paul, était en admiration devant le grand homme. Paul en avait soupé de tous ces salamalecs que le docteur recevait.

— Ah, les Français ! marmonnait-il de plus en plus souvent.

Il était temps qu'il rentre au Québec.

— Papi !

Isabelle se tenait près de l'automobile. Elle avait les yeux humides. Paul la prit dans ses bras.

— Papi, je vais m'ennuyer de toi.

— Moi aussi, Isabelle.

— Au revoir !

— Au revoir, ma grande fée !

Isabelle embrassa Paul sur les joues. Georgette sortit de l'hôtel. L'adolescente courut vers elle. Les deux femmes s'enlacèrent.

— Ne pleure pas, mamie ! Tout va bien aller, tu sais.

— Je sais. Sinon tu peux être certaine que je reviens te chercher aussitôt. Serre-moi bien fort !

Puis Isabelle embrassa le docteur Ophessault.

— Au revoir, Isabelle !

Les trois adultes étaient là, les bras ballants. Personne ne semblait vouloir donner le signal du départ.

— Bon ! dit Paul. Bougeons-nous un peu ! L'avion ne nous attendra pas.

Quelques minutes plus tard, l'automobile quittait Espezel. Aucun des passagers ne parlait. Georgette ne cessait de regarder derrière. Au loin, elle apercevait la silhouette de sa petite-fille qui les saluait avec de grands gestes.

«Au revoir, Isabelle ! murmura-t-elle tout bas. Au revoir, ma petite fée !»

À venir dans la série « Licornes » :

LES LICORNES NOIRES

Table des matières

Claude D'Astous

Claude D'Astous est journaliste scientifique à l'émission *Découverte* de Radio-Canada. Il a mérité plusieurs prix de journalisme. À le voir, si sérieux, personne ne se doute qu'il mène une double vie.

Une fois le boulot terminé, il rentre chez lui et, après avoir fermé rideaux et volets, il se métamorphose. Une lueur coquine allume son regard, son sourire s'affermit : l'écrivain apparaît. Son imagination prend alors les commandes de son esprit et l'entraîne vers des contrées inconnues où tout devient possible. Les histoires qu'il raconte sont surprenantes, pleines de rebondissements et étonnamment crédibles. Tendresse et humour y pétillent. *Les fées d'Espezel* est son quatrième roman pour la jeunesse.

Derniers titres parus dans la
Collection Papillon